www.tredition.de

Galerie des Surrealen

Jörg Buscher

Galerie des Surrealen

© 2015 Jörg Buscher

Umschlag:	SilentRevolt
Lektorat:	Jörg Querner → www.anti-fehlerteufel.de
Schrift (Titel):	„Diavlo" von Jos Buivenga
	→ www.exljbris.com

Verlag: tredition GmbH, Hamburg

ISBN
Paperback   978-3-7323-5708-6
e-Book   978-3-7323-5709-3

Printed in Germany

Inhalt

Opi

Die Stimme des eigenen Großvaters zu hören, ist eigentlich die normalste Sache auf der Welt. Es sei denn, er ist bereits vor über zehn Jahren gestorben.

Er war immer Katjas Lieblingsopa gewesen. Egal, wie schlecht es ihr ging oder wie sehr sie so manches Mal nicht weiter wusste, mit seiner lustigen und besonnenen Art schaffte er es stets, ihr in kürzester Zeit ein Lächeln aufs Gesicht zu zaubern. Besonders, wenn sie sich mal wieder mit ihrem Vater, seinem Sohn, wegen eines Jungen, den sie mit nach Hause gebracht hatte, in die Haare bekam. Niemand war auch nur ansatzweise gut genug für seine kleine Prinzessin. Das hatte auch Philipp, mit dem sie inzwischen seit über acht Jahren verheiratet war, anfangs zu spüren bekommen.

Doch am meisten schmerzte ihr die Tatsache, dass ihr Opa ihren Goldschatz nicht mehr miterleben durfte. Er hätte Marie abgöttisch geliebt. Ein Jahr vor ihrer Geburt starb er an einem Herzinfarkt.

Tränen standen ihr in den Augen, als sie daran dachte. Wie sehr hätte sie ihn jetzt gebraucht. Marie stand an der Klippe zum Tode. Man hatte bei ihr vor

einigen Wochen einen bösartigen Gehirntumor dia-
gnostiziert, der aufgrund seiner Größe inoperabel
war. Es war nur noch eine Frage der Zeit, bis sie den
Kampf gegen diesen unerbittlichen Teufel verlieren
würde.

Als sie ihren Opa zum ersten Mal hörte, saß sie
gerade am Krankenbett ihrer Tochter und sah ihr
beim Schlafen zu. Zusammen mit Philipp hatte sie
nach der niederschmetternden Diagnose beschlossen,
Marie so schnell wie möglich nach Hause zu holen.
Sie sollte die ihr verbleibende Zeit in ihrer gewohn-
ten Umgebung verbringen. Und tatsächlich wirkte
sich die Rückkehr zunächst positiv auf sie aus. Ihr
kleiner Körper bäumte sich nochmal mit aller Kraft
gegen diesen schier übermächtigen Feind auf, wodurch auch Katja abermals Hoffnung schöpfte, doch
mit jedem weiteren Tag schwand ihre Energie sichtbar. Katja hätte alles dafür gegeben, statt ihrer in dieses letzte Gefecht zu ziehen. Doch mit dem Schicksal
ließ sich nun mal nicht feilschen. Es war so verdammt ungerecht.

Ein leises Räuspern riss sie aus ihren Gedanken.
Intuitiv sah sie sich zur Tür um, doch da war niemand. Kurz darauf vernahm sie ein kehliges Husten,
woraufhin sie erneut herumfuhr. Mit demselben Er-

gebnis. Verwirrt rieb sie sich die Schläfen. Begann sie so langsam durchzudrehen? Wer hätte es ihr verdenken können. Gerade, als sie sich wieder ihrer Tochter zuwenden wollte, spürte sie einen ungewöhnlichen Druck im Kopf, so als wollte sich irgendetwas hineinquetschen. Dann war es auch schon wieder vorbei. Nur um ihr sogleich eine gigantische Gänsehaut zu bereiten, als eine tiefe, männliche Stimme in ihrem Schädel nuschelte: „Hallo, Schnuppe."

Sie rang lange mit sich, ob sie Philipp davon erzählen sollte. Kam dann aber zu dem Schluss, dass es wohl das Beste wäre, die Sache zunächst für sich zu behalten. Schließlich wusste sie nicht, wie er darauf reagieren würde. Himmelherrgott, sie kam ja selbst nicht mal damit klar.

Ihr Opa hatte noch mehr gesagt, aber vieles davon hatte sie nicht verstanden. Seit seinem Schlaganfall, der ihn etwa ein halbes Jahr vor seinem Tod ereilt hatte, war seine Aussprache gleich der eines brabbelnden Kleinkindes gewesen. Nur mit viel Phantasie konnte man aus dem Wörterbrei etwas halbwegs Brauchbares heraushören. So hatte sie lediglich die Worte „Marie" und „krank" einigermaßen deutlich verstanden.

Als am Abend Philipp von der Arbeit nach Hause kam, saß sie mit umschlungener Decke auf der Couch und nippte gerade an einer Tasse heißen Tees. Im Hintergrund drang leises Gelächter aus dem Fernseher. Sie nahm es überhaupt nicht wahr. Ihre Gedanken kreisten nur um eine Sache.

„Na, wie geht's meinen beiden Lieblingen?", rief er bereits vom Flur her. Als sie nicht darauf reagierte, trat er ins Wohnzimmer und warf ihr einen besorgten Blick zu. „Hey, alles gut bei dir?"

Erschrocken zuckte sie zusammen, wobei sie fast den Tee verschüttete. „Mein Gott, hast du mich erschreckt. Ich hab' dich gar nicht kommen hören."

„Das hab' ich gemerkt." Er stand nun direkt vor ihr. „Was ist denn los? Du siehst aus, als ob du dir über irgendetwas den Kopf zerbrichst."

„Ach, nichts. Ich war nur ein wenig in Gedanken."

Er gab ihr einen Kuss auf die Stirn. „Ist irgendwas mit unserer Kleinen?"

Sie schüttelte den Kopf. „Nein, alles unverändert."

Er nickte stumm. „Na ja, wenigstens hast du deine Knutschkugel mal in die Waschanlage gebracht. Das war ja auch mal an der Zeit."

Sie sah ihn fragend an. „Ich versteh' nicht ganz."

„Jetzt sieht er wieder ordentlich aus. Du hast hoffentlich auch mit Unterbodenwäsche genommen?"

„Sag' mal, willst du mich auf den Arm nehmen? Ich hab' den Wagen heute kein Stück bewegt."

„Na, dann muss es wohl unser Nachbar gewesen sein", scherzte er, zog sich die Jacke aus und hängte sie im Flur an einen freien Haken. Während er in Maries Kinderzimmer ging, stand Katja auf und sah kurz darauf aus dem Küchenfenster. Ihr weißer Renault stand in der Einfahrt und glänzte wie am ersten Tag.

„Das gibt's doch nicht", murmelte sie ungläubig.

Da streckte plötzlich Philipp seinen Kopf zur Küche hinein. „Hey, Liebling, wo hast du denn unseren Schatz gelassen?"

Sie drehte sich zu ihm um. „Wieso?"

„Na, weil sie nicht in ihrem Bett ist."

„Philipp, ganz ehrlich, ich bin gerade wirklich nicht in der Stimmung für irgendwelche …"

„Seh' ich aus, als ob ich scherze?", unterbrach er sie sofort. „Sie ist nicht da."

Sekunden später stand Katja am Bett ihrer Tochter. Die Bettdecke achtlos zurückgeschlagen, lag jetzt nur noch Bruno, ihr jahrelanger Begleiter, verlassen da und sah sie aus seinen glasigen Teddybäraugen treudumm an. Hilfesuchend sah sie sich nach ihrem Mann um, der im Türrahmen stehengeblieben war. „Vielleicht ist sie herausgefallen und …"

„Und was? Kriecht irgendwo herum?" Er lächelte bitter. „Wo sie seit Wochen doch kaum noch die Kraft aufbringt, sich auch nur von links auf rechts zu drehen. Eher unwahrscheinlich, findest du nicht?"

„Herrgott, ich weiß es doch auch nicht", entgegnete sie gereizt.

Sie teilten sich auf. Philipp übernahm die Räume im Erdgeschoss, während Katja oben ihr Glück versuchte. Die Wahrscheinlichkeit, sie dort anzutreffen, war zwar eigentlich gleich null, da Marie dafür die steile Wendeltreppe hätte überwinden müssen, doch man konnte ja nie wissen. Sie überprüfte gerade das letzte verbliebene Zimmer, das Gästezimmer, als Philipp sie von unten rief. Im Nu war sie bei ihm.

„Gott sei Dank, du hast sie gefunden. Wo war sie denn?"

Doch statt ihrer Tochter hielt er lediglich einen Bon in der Hand. „Kommt dir der irgendwie bekannt vor?", fragte er vollkommen ruhig.

Sie sah ihn sich an und sagte schließlich: „Nicht, dass ich wüsste."

„Ach, ehrlich?" Er hob eine Augenbraue. „Bist du dir sicher?" Sie nickte nachdrücklich. „Und wie erklärst du dir dann das Datum?" Sie wusste nicht, was sie darauf erwidern sollte. „Wash & Drive", las er laut vor. „Eine Komplettwäsche für 17,95 Euro. Heute, um 14:38 Uhr. Na, klingelt's da bei dir?" Er schien kurz davor auszuflippen.

„Wie gesagt, ich war heute nicht mit dem Wagen unterwegs", beharrte sie weiterhin.

„Willst du mich verarschen?", schrie er sie auf einmal an. „In der Zeit, wo du den Wagen waschen warst, wurde unsere Tochter entführt."

„Aber ich hab' ihn wirklich nicht benutzt", verteidigte sie sich mit nun tränenerstickter Stimme. „Ich war nicht mal aus dem Haus."

„Dann ist dieser Kassenzettel also eine Halluzination, oder was?", schrie er immer noch.

„Ich kann ihn mir doch auch nicht erklären", wimmerte sie.

Eine lange Pause entstand. Schließlich ergriff Philipp wieder das Wort. Nun ein wenig beherrschter.

„Nehmen wir mal an, es wäre so, wie du sagst. Dann hättest du doch was mitbekommen müssen."

Sie zuckte verzweifelt mit den Achseln.

„Auf der anderen Seite hast du mich vorhin auch nicht kommen hören", konstatierte er. „Wie auch immer. Marie ist verschwunden. Wir müssen die Polizei einschalten." Dann hielt er plötzlich inne. „Aber nicht, bevor wir eine Sache geklärt haben." Er packte sie grob am Oberarm und zog sie mit sich. „Komm', zieh' dir deine Jacke an und dann machen wir einen kleinen Ausflug."

Während er am Steuer des Renault saß, hockte Katja wie ein Häufchen Elend neben ihm und machte sich schwere Vorwürfe.

„Wäre ich doch nur in ihrem Zimmer geblieben oder hätte zumindest öfters nach ihr gesehen", jammerte sie. Doch alles „hätte, wenn und aber" brachte sie ihr auch nicht zurück.

Philipp hatte dagegen noch ganz andere Sorgen. Er wusste nicht, wie weit er seiner Frau noch glauben konnte. Es sprach einfach alles gegen ihre Version, das Haus nicht verlassen zu haben. Zudem gab es keinerlei Einbruchsspuren. Was bedeutete das?

Derweil hatte Katja angefangen zu weinen. „Wer tut denn nur sowas?", schluchzte sie. „Ein todkrankes Kind zu entführen. Das ist einfach nur unmenschlich."

„Vielleicht glaubt der- oder diejenige ja, dass es bei uns was zu holen gibt und fordert in Kürze Lösegeld für sie", warf er ein.

„Aber wir haben doch nichts."

„Das weiß ich, aber wer kann schon sagen, was in den Köpfen solcher Menschen vor sich geht?" Er bog an der folgenden Kreuzung links ab und lenkte dann den Wagen die enge Einfahrt zur Waschstraße hinauf. „Mal sehen. Vielleicht sind wir gleich ein Stückchen schlauer", sagte er und stellte den Renault auf dem angrenzenden Parkplatz ab.

Zu dieser Uhrzeit, es waren nur noch wenige Minuten bis zum Feierabend, hielt sich die Anzahl der noch abzufertigenden Autos, zur allgemeinen Erleichterung der Bediensteten, in überschaubaren Grenzen. Lediglich vier Pkws, darunter ein rotes Cabrio mit nun logischerweise geschlossenem Verdeck, warteten darauf, vom angesammelten Schmutz und Dreck befreit zu werden. Philipp überlegte nicht lange und ging direkt auf einen der Angestellten zu, der gerade mit einem Hochdruckreiniger dabei war, die gröbsten Verkrustungen bei einem Ford wegzuspülen.

„Entschuldigen Sie, darf ich Sie kurz stören?"

Der Angesprochene, ein mit ordentlichem Hüftspeck ausgestatteter Mittfünfziger im modischen Einteiler, nickte widerwillig. „Was gibt's denn?"

„Haben Sie zufällig heute Nachmittag hier schon gearbeitet?" Er nickte abermals. „Können Sie sich dann vielleicht noch an dieses Auto erinnern?" Philipp deutete hinüber zur parkenden Knutschkugel seiner Frau.

„Soll das ein Witz sein?", grunzte dieser. „Was glauben Sie eigentlich, wie viele Karren hier täglich durchlaufen?"

„Aber *ich* kann es", meldete sich auf einmal ein anderer Kollege zu Wort. „Ist irgendwas mit der Reinigung nicht in Ordnung, Lady?", sagte er mit Blick in Richtung Katja. Philipp sah sie jetzt ebenfalls fragend an. Als sie nicht reagierte, antwortete er stattdessen.

„Nein, alles o.k. Sie war sich nur nicht mehr sicher, ob sie auch bezahlt hatte."

„Oh, das hat sie auch nicht", grinste der Mitarbeiter. „Ihre Begleitung hat das für sie getan."

„Ihre Begleitung?"

„Ja, der ältere Herr."

Katja wurde plötzlich aschfahl im Gesicht. Sie griff nach ihrer Umhängetasche und begann darin hektisch herumzuwühlen. Schließlich fand sie, wonach sie suchte. Sie klappte das Portemonnaie auf und entnahm diesem ein eingerissenes, altes Foto. Sie hielt es dem Mann hin. „War das der ältere Herr?"

Er sah sie ungläubig an. „Hören Sie, Lady. Wenn das hier versteckte Kamera sein soll, dann …"

„Nein, nein. Ich, äh … Sagen Sie mir nur einfach, ob er es war."

„Ist ein Scherz, oder?" Als er echte Verzweiflung in ihren Augen sah, tat sie ihm fast schon wieder leid. „Sie wissen es wirklich nicht mehr, oder?" Sie schüttelte verzweifelt den Kopf. „Na, schön. Ja, er war es. Jetzt zufrieden?" Katja wurde es augenblicklich ganz weich in den Beinen. Sie taumelte einen Schritt zurück. „Hey, Lady. Immer schön cool bleiben." Mit einer schnellen Bewegung hielt sie der Angestellte fest. Sie fühlte sich an wie Wachs.

„Schatz, was ist denn? Wer ist der Mann auf dem Foto?"

„Das ist mein Opa."

„Dein Opa?"

„Ja, mein Lieblingsopa."

„Aber ist der nicht schon vor langer Zeit …"

„Ganz genau." Noch immer ein wenig benommen, ließ sie die drei Männer stehen und ging langsam zurück zum Wagen.

„Sagen Sie, war sonst noch jemand dabei?", hakte Philipp nochmal nach. „Vielleicht ein junges Mädchen? Etwa eins vierzig groß mit langen, braunen Haaren."

„Nein, nicht dass ich wüsste." Der Mitarbeiter kratzte sich am Kinn. „Zumindest ist mir niemand aufgefallen."

„Na, hätte ja sein können. Trotzdem danke." Damit wandte sich Philipp ebenfalls zum Gehen.

Auf der Rückfahrt herrschte zunächst angespanntes Schweigen. Schließlich hielt es Katja nicht mehr aus und durchbrach als Erste die unangenehme Stille.

„Er hat mit mir gesprochen."

Philipp sah zu ihr hinüber. „Wer?"

„Mein Opa."

„Das wird ja immer verrückter", murmelte er.

„Ich weiß, wie sich das anhört. Ich konnte es ja erst selbst nicht glauben", sagte sie. Als er nichts erwiderte, sprach sie weiter. „Es war heute Mittag. Ich saß gerade bei Marie am Bett, da hatte ich auf einmal seine Stimme im Kopf."

„Aha." Er starrte jetzt wieder geradeaus, so als müsste er sich besonders stark auf den Verkehr konzentrieren. Was nicht der Fall war.

„Er sprach ziemlich schnell und bedingt durch seinen damaligen Schlaganfall leider auch sehr undeutlich. Ich hab' kaum etwas verstanden." Sie schluckte einmal schwer, doch der Kloß im Hals ließ sich nicht so leicht vertreiben. „Jedenfalls ging es um Marie."

„Aha", machte er abermals.

„Mehr fällt dir nicht dazu ein?"

„Was soll ich dazu sagen? Das ist mir, ehrlich gesagt, alles zu abgedreht." Er sah sie wieder an. „Könnte es nicht auch sein, dass du einfach nur eingenickt bist und schlecht geträumt hast?"

Sie versuchte, ruhig zu bleiben, auch wenn es ihr sichtlich schwer fiel. „Und der Typ von der Waschanlage? Hat der vielleicht auch nur schlecht geträumt?"

„Nun ja, es wäre doch durchaus möglich, dass er ihn mit jemandem verwechselt hat, der deinem Opa verdammt ähnlich sieht."

„Na, klar. Und dieser Jemand zahlt dann auch noch freundlicherweise gleich meine Rechnung mit", sagte sie ironisch.

„Wer weiß?" Philipp blies die Wangen auf. „Nur, was hat das alles mit Marie zu tun?"

„Ich hab' keine Ahnung."

Hatten sie auf der Hinfahrt noch eine grüne Welle gehabt, so war nun jede Ampel, an der sie vorbei mussten, auf rot. Genervt schlug Philipp mit einer Hand aufs Lenkrad. Erschrocken zuckte Katja zusammen.

Sie wollte ihn gerade zurechtweisen, als sie plötzlich ein Bild vor Augen hatte. Genau genommen war es eine Aufnahme ihres Opas aus einer Zeit, in der Geheimratsecken und graue Haare ebenso weit weg erschienen wie ein krummer Rücken. Er trug einen abgewetzten Blaumann und eine dunkle Kappe, die er weit ins Gesicht gezogen hatte, um sich vor der tiefstehenden Sonne zu schützen. Er lächelte ein wenig gequält in die Kamera, während sein Schatten langsam auf das Gebäude hinter ihm zu kroch. Es war ein rustikaler Backsteinbau mit kleinen Fenstern, die an Bullaugen erinnerten. Erst vor kurzem hatte man ihm einen frischen Anstrich verpasst und so glänzte das Gebäude nun mit seiner schweißnassen Stirn um die Wette. Große, gelbe Buchstaben prangten an der Fassade und verkündeten den ganzen Stolz seines Besitzers. Wilfrieds Autoreinigung.

„Er hat dort gearbeitet", sagte sie auf einmal. „Natürlich. Wie konnte ich das nur vergessen?" Sie sah ihn aufgeregt an. „Nur, dass der Laden damals logischerweise noch anders hieß." Sie klatschte einmal zufrieden in die Hände. „Das ist doch schon mal ein Anfang."

„Ja, ganz toll", sagte er mäßig begeistert. „Damit haben wir Marie ja schon so gut wie zurück."

Nachdem sie wieder zuhause angekommen waren, verständigte Philipp als Erstes die Polizei. Der zuständige Beamte nahm die wenigen Informationen, die er ihm geben konnte, offen gelangweilt zur Kenntnis und gab ihm den äußerst schlauen Tipp, noch einen Tag abzuwarten. Meistens regelten sich die Sachen dann schon von selbst. Aufgebracht ob der ihm entgegengebrachten Gleichgültigkeit, beendete Philipp kurzerhand das Gespräch und schenkte sich zur Beruhigung einen Whisky ein. Dann noch einen.

Natürlich regelten sich die Dinge nicht von selbst. So rief dieses Mal Katja bei der Polizei an. Offenbar nahm man ihre Sorge nun wesentlich ernster und versprach ihr, alle erdenklichen Maßnahmen zur Suche nach Marie einzuleiten. Dementsprechend geprägt waren die folgenden Tage von lähmender Ungewissheit. Das schier endlose Warten auf eine

Nachricht nagte an ihren Nerven. Auch Katjas Opa zog es vor zu schweigen.

So beschlossen sie kurzerhand selbst aktiv zu werden. Sie entwarfen Handzettel am Computer mit dem Konterfei ihrer Tochter und verteilten sie an so viele Menschen wie möglich. Jedes größere Geschäft in der Innenstadt wurde dabei um Unterstützung gebeten, was zu ihrer Überraschung überhaupt kein Thema war. Im Gegenteil. Die Leute mussten beinahe schon gebremst werden. Hauseingänge, Litfaßsäulen und sogar Bäume wurden damit regelrecht übersät. Selbst ein Aufruf beim regionalen Radiosender, der mehrmals am Tag gesendet werden sollte, wurde gestartet. Nicht zu vergessen die sozialen Netzwerke. Doch bislang alles ohne Erfolg.

Katja saß gerade am Küchentisch, um eine Kleinigkeit zu essen, als sie plötzlich wieder diesen merkwürdigen Druck im Kopf verspürte. Beinahe erfreut darüber wartete sie, bis er nachließ. Die Nachricht, die ihr toter Opa für sie hatte, war dieses Mal noch kürzer und ohne jegliche Anrede. Sie lautete schlicht und einfach: „Komm!"

Sie zögerte keinen Moment, sprang auf und schnappte sich beim Hinausgehen im Flur ihre Jacke. Philipp würde erst in gut drei Stunden von der Arbeit nach Hause kommen. Genügend Zeit also, um wieder rechtzeitig zurück zu sein. Daher verzichtete sie auf eine Mitteilung für ihn.

In der Innenstadt verstopfte der nachmittägliche Feierabendverkehr die Straßen, wodurch sie nur langsam vorankam. Ungeduldig trommelte sie mit den Fingern auf dem Lenkrad herum. Doch je näher sie ihrem Ziel kam, desto mehr ließ der Strom der Heimkehrer nach. Opas früherer Arbeitsplatz lag am Stadtrand und Katja hatte nicht den geringsten Zweifel daran, dass er sie dorthin rief. Was auch immer dann geschehen würde.

Einen Unterschied zur ersten Fahrt gab es auf jeden Fall schon mal. Sie nahm sie nun bewusst wahr. Wobei das nicht hieß, dass sie sich später vielleicht doch nicht mehr daran erinnern konnte. Um das zu verhindern, versuchte sie sich alles, was sie unterwegs sah, einzuprägen. Ein heruntergekommener Sportplatz, eine verlassene Fabrik, zwei auf dem Bürgersteig herumtollende Hunde, eine mit Graffiti besprühte Garage. Doch als sie wenig später an einer Tankstelle vorbeikam, traute sie zunächst ihren Augen nicht. Sie hielt den Wagen an und starrte ungläubig auf die Anzeigetafel. Der Benzinpreis war mit sagenhaften 56 Pfennig (!) pro Liter angegeben. Da musste sich wohl jemand einen Scherz erlauben.

Noch unglaublicher aber war die Tatsache, dass sich keine kilometerlange Schlange davor gebildet hatte. Erst beim nochmaligen Hinsehen bemerkte sie, dass an den Zapfsäulen ausschließlich wahre Klassiker darauf warteten, betankt zu werden. Da war ein Opel Kadett, für sein Alter erstaunlich gut erhalten, ein Käfer, fast nagelneu, und ein VW Bulli, den sie in dieser Form das letzte Mal in ihrer Kindheit zu Gesicht bekommen hatte. Aber auch die Tankstelle selbst machte eher einen nostalgischen Eindruck mit ihrer kargen Aufmachung. War das Ganze vielleicht Teil eines Oldtimertreffens der besonderen Art, von dem sie nichts mitbekommen hatte? Sie zuckte unschlüssig mit den Schultern und fuhr schließlich weiter.

Immer mehr alte Karossen kamen ihr entgegen. Dazu überholte sie selbst diverse Mopeds und Fahrräder, die vermutlich zur Zeit von Elvis Presley schwer angesagt waren. Was sie allerdings erneut zum Anhalten bewog, befand sich am Konstantinplatz. Oder besser gesagt, befand sich dort nun nicht mehr. Ein riesiger Supermarkt mit angrenzendem Parkplatz war wie vom Erdboden verschluckt. Stattdessen hatte eine trostlose und ungepflegte Wiese dessen Platz übernommen. Katja trat verwirrter denn je aufs Gaspedal. Irgendetwas stimmte hier ganz und gar nicht.

Zur Ablenkung schaltete sie das Radio ein. Ein fieses Rauschen und Knacken ließ sie zusammenzucken. Eilig drehte sie die Lautstärke herunter. Dann kam auf einmal eine blecherne Stimme aus den Lautsprechern. „Und nun, liebe Hörer, das nächste Wunschlied von Paula Janssen aus dem schönen Hamburg für ihren liebsten Freddie." Er machte eine dramatische Pause. „Es ist der neue Gassenhauer der vier Pilzköpfe aus Liverpool. Freuen sie sich auf „Come Together" von den Beatles." Es knackte ein weiteres Mal, offenbar wurde die Nadel auf die Schallplatte aufgesetzt, dann legten die Jungs los. Katja machte das Radio sprachlos wieder aus. Was, zum Teufel, ging hier vor sich?

Sie hätte beinahe die Einfahrt verpasst, so sehr war sie mit ihren Gedanken beschäftigt. Im letzten Moment lenkte sie ein und holperte die Auffahrt zur Waschanlage hoch. Kies flog auf und prasselte gegen den Unterboden. Dort, wo vor wenigen Tagen noch ein Parkplatz gewesen war, befand sich nun ein unbefestigtes Stück Rasen, auf dem jedermann parkte, wie es ihm gefiel. Katja stellte ihren Renault zwischen einem Ford Capri und einem Citroen 2CV, besser bekannt als Ente, ab.

Gerade, als sie aussteigen wollte, klopfte es an ihre Scheibe. Katja schrie auf, blickte zur Seite und bekam den Mund nicht mehr zu. Draußen stand ihr Opa. Jedoch nicht als alter, gebrochener Mann, wie sie ihn in Erinnerung hatte, sondern als junger, kräftiger Kerl mit sonnengebräunten Oberarmen. Ein unbekümmertes Lächeln lugte unter der Kappe, die selbstverständlich dunkel war, hervor und zeigte seine strahlend weißen Zähne. Wie ein Gentleman alter Schule öffnete er ihr die Tür und trat dann galant einen Schritt beiseite. „Wenn ich bitten darf, Schnuppe."

Sie ging wie auf Watte neben ihm her. Obwohl die Luft angenehm warm war, viel wärmer als zum Zeitpunkt, als sie losgefahren war, fröstelte sie ein wenig. Sie konnte einfach nicht fassen, dass das alles gerade wirklich passierte. Immer wieder musste sie ihn anschauen, um sich zu vergewissern, dass dies kein Traum war.

„Wie ist das möglich?", fragte sie geradeheraus.

„Spielt das eine Rolle?"

„Für mich schon." Tausend Dinge schossen ihr durch den Kopf. „Deine Stimme. Sie ist so …"

26

„Klar?" Sie nickte. „Der Schlaganfall liegt noch in weiter Ferne, wie so vieles andere auch."

„Und Marie? Weißt du, wo sie ist?"

Sie standen jetzt vor dem Gebäude mit dem markanten, gelben Schriftzug. „Weißt du, meine Schicht ist seit ein paar Minuten vorbei. Hättest du nicht Lust, mit deinem Großvater einen Kaffee trinken zu gehen?" Er zwinkerte ihr verschmitzt zu. „Dann kannst du mich alles fragen, was du wissen willst."

„Sehr gerne."

Das nächste Café lag ein paar Straßenzüge weiter. Vom schönen Wetter angelockt, saßen die Leute davor und genossen ihre Getränke oder Eisbecher. Fasziniert starrte Katja sie an. Während die Männer allesamt Hüte trugen, hatte sich der Großteil der Damenwelt in feinste Kleider gehüllt. Ihr Opa, der den Anblick logischerweise gewohnt war, schenkte ihnen keinerlei Beachtung und hielt lieber nach einem freien Tisch Ausschau. Als er im Innenbereich einen fand, zog er Katja mit sich.

Kaum hatten sie das Café betreten, stürmte auch schon jemand auf sie zu.

„Guck' mal, Uropi. Ich hab' uns einen Tisch freigehalten", trällerte Marie freudestrahlend drauflos. „Genau wie du es wolltest."

Katja wusste nicht, wie ihr geschah. Gleichzeitig lachend und weinend nahm sie ihre Tochter in die Arme. Marie ließ es bereitwillig geschehen und gluckste nur so vor sich hin.

„So, so, Uropi also", sagte Katja schließlich mit einem gespielt vorwurfsvollen Blick in Richtung ihres Großvaters, während ihr weiterhin Tränen an den Wangen herunterliefen.

„Ich kann doch meine Urenkelin nicht belügen", rechtfertigte sich dieser schmunzelnd. „Außerdem hat sie, weiß Gott, Schlimmeres durchgemacht. Sie wird damit klarkommen." Und tatsächlich schien es für Marie das Normalste auf der Welt zu sein, mit einem verstorbenen Familienmitglied zu sprechen. Kinder waren einfach unglaublich. „Kommt, wir setzen uns, bevor ihn uns jemand wegschnappt."

Sie verbrachten einen wundervollen Nachmittag bei Kaffee und Kuchen. Marie wünschte sich ein RIESIGES Eis und wurde nicht enttäuscht. Derweil wurde Katja erklärt, wie das Wunder vonstatten gegangen war.

„Da der Tumor in der Vergangenheit noch nicht existierte, hat er sich schlichtweg in Luft aufgelöst."

Sie nickte unsicher. „Aber kann er dann nicht sofort zurückkommen, sobald wir wieder in unserer Zeit sind?"

„Ausgeschlossen. Was sie jetzt nicht hat, wird sie auch nicht mehr bekommen", erwiderte er bestimmt. Sie hoffte, dass er Recht behielt.

So ließ er sich zu guter Letzt die Rechnung kommen, Katja hatte ohnehin nicht die richtige Währung dabei, dann traten sie zu dritt den Rückweg an.

Es war eine merkwürdige Situation. Als ihr Opa damals gestorben war, hatte sie nicht die Möglichkeit gehabt, sich von ihm angemessen zu verabschieden. Zu überraschend, zu schnell kam sein Ende. Das war etwas, das ihr bis heute zu schaffen machte. Nun hatte man ihr diese zweite Chance geschenkt, doch dankbar war sie dafür nicht im Geringsten. Es zerriss ihr regelrecht das Herz, ihn abermals zu verlieren. Doch wollte sie zusammen mit Marie in ihr eigentliches Leben zurückkehren, führte nun mal kein Weg daran vorbei.

„Und wie kommen wir jetzt wieder zurück?", fragte sie ihn schließlich, als sie beim Wagen angekommen waren. „So, wie ich hergekommen bin?"

„Nein, der einzige Weg zurück führt über die Waschstraße hier", erklärte er. „Du musst einfach nur durchfahren. Alles andere geht dann ganz automatisch."

Sie nickte traurig. Tränen standen ihr in den Augen. „Ich werde dich so vermissen."

„Ich euch auch", entgegnete er mit belegter Stimme.

„Werden wir uns nochmal wiedersehen?"

„Wenn, dann hoffentlich erst in ferner Zukunft."

Damit umarmte ihr Opa alle ein letztes Mal innig, Marie wollte ihn gar nicht mehr loslassen, dann stiegen sie ein. Als sie langsam an ihm vorbeirollten, rief er ihnen noch etwas hinterher. Katja bremste ab und ließ die Scheibe herunter.

„Ich sagte, dieses Mal bist du mit dem Bezahlen dran", grinste er.

Sie lächelte tapfer zurück, fuhr die Scheibe wieder hoch und steuerte die momentan unbesetzte Waschstraße an. Das Letzte, was sie von ihm im Rückspiegel sah, als ihr schließlich die rotierenden Bürsten die Sicht nahmen, war, wie er ihnen nachwinkte.

Zahnarzt

Sie stand da und starrte die Tür an. Dies war die letzte Chance, um umzudrehen und zu fliehen. Nervös kaute sie auf ihrer Unterlippe herum.

„Na, los. Mach schon. Fass die Türklinke an", drängte ihre innere Stimme. „Du bist doch ein großes Mädchen. Du schaffst das." Sie atmete noch einmal kräftig durch, dann ergriff Cornelia die Klinke, drückte sie vorsichtig herunter und betrat die Zahnarztpraxis.

Schon von Kindheitstagen an hatte sie panische Angst vor Ärzten. Ganz besonders aber vorm Zahnarzt. Warum das so war, wusste sie nicht. Es war ganz einfach so. Allein der Gedanke an das karg eingerichtete Behandlungszimmer mit den sterilen Gerätschaften, verbunden mit diesem typischen Praxisgeruch ließ ihr den Schweiß auf die Stirn treiben. Hatte sie als Kind noch geglaubt, es würde sich im Laufe der Zeit schon bessern oder von selbst erledigen, sah sie sich getäuscht. Im Gegenteil. Es wurde immer schlimmer.

Ängstlich trat sie an den Anmeldetresen.

„Ja, bitte?" Eine streng aussehende Dame, deren beste Jahre bereits seit Längerem hinter ihr lagen, musterte sie aufmerksam durch dicke Brillengläser.

„Ähm, Cornelia Angerer mein Name", bekam sie kaum heraus. „Ich habe um 16 Uhr einen Termin." Ihr Zunge fühlte sich an wie Gummi.

Nach einem weiteren abschätzenden Blick blätterte die Frau in ihren Unterlagen. „Ah, ja. Die Weisheitszähne. Tja, irgendwann trifft es jeden, nicht wahr?", versuchte sie zu scherzen, scheiterte aber grandios damit. Cornelia nickte nur stumm. „Dann nehmen Sie noch einen Moment im Wartezimmer Platz."

Sie nickte erneut und ging hinüber zur Garderobe. Ihr Blutdruck rauschte in ihren Ohren. Verdammt, sie musste sich zusammenreißen.

Zwei flüchtig durchgesehene Illustrierte später wurde sie aufgerufen. Eine junge Angestellte, zudem noch freundlich lächelnd, führte sie ins Behandlungszimmer und bat sie auf dem Stuhl Platz zu nehmen. Cornelia schnürte es die Kehle zu. Da war sie wieder. Die an ihren Eingeweiden kratzende Panik. Dennoch ging sie mutig auf das Objekt ihrer Angst zu und legte sich, für ihre Verhältnisse, relativ entspannt darauf zurück.

„Der Doktor kommt dann gleich", sagte die Arzthelferin, nachdem sie ihr eine Serviette umgelegt hatte, und verließ dann das Zimmer.

Wieder warten. Das war das Schlimmste für Cornelia. Ihr schossen dann immer sämtliche Horrorszenarien durch den Kopf, was alles bei der Behandlung schiefgehen konnte. Auch der Fluchtgedanke meldete sich nochmal zurück, aber sie ignorierte ihn, so gut sie konnte.

Dann schwang „zum Glück" endlich die Tür auf.

„Na, sind Sie bereit der Weisheit den Kampf anzusagen?", begrüßte sie der Doktor mit einem unbekümmerten Lächeln, wohl wissend um ihre tief verankerte Furcht vor Weißkitteln.

„Mehr oder weniger", antwortete sie wahrheitsgemäß.

„Glauben Sie mir, Sie brauchen wirklich keine Angst zu haben", munterte er sie auf. „Dank unseres Zauberstoffes hier werden Sie nichts spüren." Er deutete zur Betäubungsspritze.

„Na, dann fühl' ich mich ja gleich besser", sagte sie gequält. Spritzen waren in ihren Augen das Werkzeug der Hölle.

„So, dann machen Sie mal den Mund weit auf." Er zwinkerte ihr aufmunternd zu. Wie in Zeitlupe öffne-

te sie ihn Stück für Stück. „Danke, das langt schon."
Wieder dieses makellose Grinsen. Drei kleine Stiche
und dann war es auch schon vorbei. „Sehen Sie, war
doch gar nicht so schlimm, oder?" Sie schüttelte
leicht den Kopf. „Ich werde den Zauber nun seine
Wirkung entfalten lassen und dann gleich wieder bei
Ihnen sein, o.k.?" Sie nickte kurz.

Nachdem er gegangen war, dauerte es einen Moment, bis die Betäubung langsam zu wirken begann.
Es war, wie immer, ein merkwürdiges Gefühl. Zuerst
setzte die Taubheit in der linken Hälfte ihrer Zunge
ein und breitete sich dann über die linke Wange bis
hin zum Ohr aus. Ab und zu drückte sie von außen
mit einem Finger gegen die Seite, um zu überprüfen,
wie weit die Betäubung schon vorangeschritten war.
Dann spürte sie ein unangenehmes Kribbeln, welches
ihr eine Gänsehaut bereitete. Zur Ablenkung sah sie
aus dem vor ihr befindlichen Fenster.

Draußen herrschte strahlender Sonnenschein. Es
war Juni und die Temperaturen entsprechend angenehm. Da die Praxis im Erdgeschoss lag, konnte sie
die Leute im T-Shirt oder kurzen Hemden und mit
kurzen Hosen am Fenster vorbeigehen sehen. Auf
der anderen Straßenseite sah sie einen Teil eines Eis-
cafés. Die auf dem Bürgersteig aufgestellten Tische

waren allesamt besetzt. Da das Fenster geschlossen war, hatte es etwas von einem Stummfilm. Lediglich in Farbe.

Doch plötzlich schien sich etwas zu verändern. Hatte sie da nicht gerade ein paar Wortfetzen aufgeschnappt? Überrascht lauschte sie nochmal. Ja, da war wieder was. Das mussten die vorbeigehenden Leute sein. Wie war das möglich? Irritiert setzte sie sich im Stuhl auf. Sie schrien sich keineswegs an, sondern unterhielten sich auf ganz normale Art und Weise. Merkwürdig. Und noch etwas fiel ihr auf. War es hier im Raum nicht heller geworden? Sie sah zur Deckenbeleuchtung, doch sie war nach wie vor ausgeschaltet. Was war nur los mit ihr? Konnte es an der Betäubung liegen? War es womöglich irgendeine allergische Reaktion darauf? „Quatsch", rief sie sich zur Ordnung. „Du drehst nur langsam durch."

Doch die Veränderungen wurden immer gravierender.

Die komplette Wand schien an Konsistenz zu verlieren, wodurch die Stimmen und Geräusche zusehends lauter von draußen hereindrangen. Nun konnte Cornelia sogar einen Teil des Bürgersteigs sehen, der auf dieser Seite der Straße entlanglief. Panik breitete sich wie ein Lauffeuer in ihr aus und sie rief, so gut es mit einer halbseitigen Gesichtslähmung eben ging, nach dem Personal. Doch niemand schien ihre Rufe zu hören.

Einfallende Sonnenstrahlen ließen sie blinzeln und schließlich kurz niesen. Der Raum war nun hell erleuchtet und die Wand endgültig verschwunden. Es war eine surreale Situation. Cornelia spürte die Wärme der Sonne auf ihrer Haut und konnte trotzdem nicht glauben, was sich hier gerade abspielte. Die vorbeieilenden Leute schienen von alldem nichts zu bemerken. Sie gingen unbeirrt ihrer Wege, ohne sich nach ihr umzuschauen. Wurde sie vielleicht wahnsinnig?

Sie versuchte es mit Logik. Bei dem Gedanken daran musste sie selbst lachen. Sabber lief ihr dabei unkontrolliert aus dem Mundwinkel. Warum passierte es ausgerechnet jetzt und hier? Gab es dafür einen Grund? Sollte sie womöglich Zeuge eines Verbrechens werden? Sie sah sich nach irgendetwas Ungewöhnlichem um, die in Luft aufgelöste Wand nicht mitgezählt, konnte jedoch nichts feststellen. Da waren die Spaziergänger auf beiden Seiten der Straße und dazwischen der Feierabendverkehr, der sich zäh durch die Geschäftsstraße zog.

„Doch, halt!", korrigierte sie sich. „Wer war das denn da?"

Eine im Schatten einer Ulme auf der gegenüberliegenden Straßenseite stehende Person, eingehüllt in einem für die Jahreszeit und Temperatur völlig unpassenden Mantel mit Kapuze, blickte fortwährend zu ihr hinüber. Wie gruselig. Konnte er sie etwa sehen? Dann donnerte ein schwerer Lkw vorbei und versperrte ihr für einen Moment die Sicht auf ihn. Als er vorüber war, war die Person wie vom Erdboden verschluckt, nur um kurz darauf vor ihrem nun freischwebenden Fenster wieder aufzutauchen. Er sah sie an und ihr gefror das Blut in den Adern.

Er hatte kein Gesicht. Jedenfalls kein herkömmliches. Es war eine sich bewegende schwarze Masse, an dessen Oberfläche wurmartige Dinger schwammen, die von glühend roten Augäpfeln angeleuchtet wurden. Cornelia schrie um ihr Leben, aber niemand kam ihr zur Hilfe.

Geräuschlos glitt das Wesen durch das Fenster und kam auf sie zu. Sie kreischte noch lauter, als sich das Ding einen Bohrer aus dem Besteckkasten schnappte und ihn einschaltete. Panisch versuchte sie sich auf dem Stuhl höher zu schieben, merkte aber, dass sie dadurch nur immer weiter in die Sitzfläche einsank. Wie schon bei der Wand verlor die Struktur an Halt und so wurde sie unaufhörlich hinuntergezogen. Mit letzter Kraft bekam sie eine Lehne zu fassen und klammerte sich daran fest.

Das Wesen war nun über ihr. Seine Augen pulsierten begierig, als es den Bohrer näher an sein Opfer heranführte. Doch war es nun kein Bohrer mehr, wie Cornelia, vor Schrecken gelähmt, feststellte. Anstelle des Bohrkopfes war eine Miniaturschnauze mit Dutzenden messerscharfen Zähnen getreten. Dahinter schlängelte sich statt blankem Stahl ein brauner Schwanz wie eine Schlange hin und her. Gerade, als sich das Bohrerding in ihre Lippen beißen wollte, wurde die Tür aufgerissen.

„So, dann wollen wir mal", trällerte der Doktor beschwingt, erstarrte dann aber in der Bewegung. „Äh, ist alles in Ordnung mit Ihnen?" Seine Patientin lag verdreht auf dem Stuhl, das Gesicht zu einer irren Maske verzerrt und krallte sich grunzend an der Lehne fest. Mit einem an Wahnsinn grenzenden Blick sah sie ihn an. Dann sprang sie plötzlich auf und rannte schreiend und heulend an ihm vorbei aus der Praxis.

Ehealbtraum

Ihre linke Wange brannte noch immer wie Feuer vom Faustschlag ihres Mannes. Was als einmaliger Ausrutscher begonnen hatte, war im Laufe der Zeit zu einer unschönen Gewohnheit geworden. Eine Entwicklung, die Silvia nie für möglich gehalten hätte.

Letzte Nacht war es mal wieder so weit. Max kam sturzbetrunken nach Hause, es muss so gegen halb vier gewesen sein, und verursachte beim Versuch, sich auszuziehen, einen Höllenlärm. Zunächst zerbrach im Flur eine Vase , als er sich an der Kommode festhalten wollte, um nicht umzukippen. Dann warf er Figuren und Porzellanpuppen um, als er im Wohnzimmer gegen die Glasvitrine torkelte. Vom Krach aufgeschreckt und noch halb im Schlaf lugte Silvia vorsichtig um die Ecke und sah das angerichtete Chaos. Als sie ihn zur Rede stellen wollte, erntete sie als Antwort einen Aufwärtshaken.

Dabei hatte alles mal so wundervoll angefangen.

Ihre Hochzeit vor nunmehr sieben Jahren war der schönste Tag in ihrem Leben gewesen. Max sah in seinem dunklen Anzug zum Dahinschmelzen aus und die darauffolgenden Flitterwochen waren einfach nur ein Traum. Sie verbrachten zwei unbeschwerte Wochen auf den Seychellen, wobei er ihr jeden Wunsch von den Lippen ablas.

Eine Träne lief ihr heiß an der schmerzenden Wange entlang, als sie daran zurückdachte. „Wie konnte nur alles so schiefgehen?", schluchzte sie immer wieder.

Es war ein schleichender Prozess gewesen, wie so häufig im Leben. Max veränderte sich. Anfangs kaum spürbar, dann immer offensichtlicher. Waren sie früher noch jeden Monat ins Kino oder Essen gegangen, traf er sich stattdessen nun lieber mit seinen Kumpels. Seinen Saufkumpanen, wie sie sie nannte. Am nächsten Tag war mit ihm dann zumeist nicht mehr viel anzufangen. Gespräche diesbezüglich endeten regelmäßig im Streit, wobei er entweder die Flucht ergriff oder eben Fäuste sprechen ließ, wenn es ihm zu blöd wurde. Spätestens da hätte sie es beenden müssen, doch ihre Liebe zu ihm war damals einfach noch zu stark gewesen. Nun war es fast schon zu spät. Er konnte mit ihr machen, was er wollte. Damit sollte nun endgültig Schluss sein.

Sie sah kurz ins Wohnzimmer, um sich zu vergewissern, dass er weiterhin seinen Rausch auf dem

Sofa ausschlief, und setzte sich dann im Bett an den Laptop.

Seit kurzer Zeit war sie in einem Online-Forum für misshandelte Frauen unterwegs. Mit Entsetzen las sie dort, was ihre Leidensgenossinnen tagtäglich durchleben mussten. Angefangen mit Schlägen und Tritten bis hin zum Einsatz von Gegenständen, wie Gürteln, Schlagringen oder Knüppeln. Jegliche Form von häuslicher Gewalt war vertreten. Und selbst wenn es der einen oder anderen gelang, diesem Martyrium zu entkommen, waren sie gezeichnet fürs Leben.

Gerade war Silvia dabei, einen Kommentar zu einem der Beiträge zu verfassen, als sich ein Fenster öffnete.

„Ah, verdammte Werbung", fluchte sie und wollte es direkt wegklicken, sah dann aber, dass es eine Mitteilung war. Sie enthielt nur einen Satz.

„Willst du, dass es aufhört?"

Irritiert suchte sie nach einem Absender, fand aber keinen. Stattdessen wurde die Frage nochmal wiederholt, nun aber in Fettschrift und um einiges größer. „Was soll der Scheiß?", murmelte sie, zuckte dann aber mit den Schultern. „Da will wohl jemand ein Spiel spielen. Mal sehen, wohin das führt." Sie tippte ein:

„Was aufhört?"

Die Antwort kam umgehend.

„Die Demütigungen!"

Silvia starrte den Bildschirm an. „Soll das ein Scherz sein?" Sie schrieb:

„Verarschen kann ich mich alleine. Und tschüss!"

„Ich kann dir helfen."

„Ach ja, und wie?"

„Klick einfach auf diesen Link und bestätige den Button."

Sie zögerte. „Was für ein Schwachsinn", sagte sie leise. „Wahrscheinlich fang ich mir dadurch nur einen Trojaner ein." Doch ihre Neugier war geweckt. Ohne weiter die Risiken abzuwägen, klickte sie ihn an. Der Bildschirm wurde augenblicklich schwarz. Silvia holte tief Luft. „Bitte nicht."

Dann leuchtete plötzlich ein grüner Button genau in der Mitte des Displays auf. Darunter, in gelber Schrift, die Worte: Ja, ich will.

Erleichtert atmete sie aus. „Noch mal Glück gehabt."

Mit einer leicht zittrigen Hand steuerte sie den Cursor zum wartenden Button und betätigte ihn.

Nach einem Moment verschwand dieser und sie kehrte, ohne dass irgendetwas geschah, zurück zum Chatroom. Sichtlich enttäuscht tippte sie:

„Und jetzt?"

„Geh' ins Wohnzimmer!"

Silvia gefror das Blut in den Adern. „Woher weiß …?"

Sie schwang sich aus dem Bett und eilte zum Fenster. Sie suchte mit ihren Augen mehrmals die Umgebung ab, konnte aber niemanden ausfindig machen, der sie entweder mit bloßem Auge oder einem Fernrohr beobachtete. Dennoch zog sie die Vorhänge zu, als ob das nun noch was bringen würde, und schlich dann vorsichtig aus dem Zimmer.

Ihre Nerven waren nun bis zum Zerreißen gespannt. Sie lauschte. In der Wohnung herrschte absolute Ruhe. Nicht das kleinste Geräusch war zu hören. Leise bewegte sie sich durch den Flur. Gleich links lag das Wohnzimmer. Abermals horchte sie nach irgendetwas Ungewöhnlichem, aber da war nichts. Als sie schließlich den Mut aufbrachte, um die Ecke zu sehen, schrie sie beinahe auf.

Er war weg.

Max war nicht mehr da.

Mit offenem Mund betrat sie das Wohnzimmer und blieb unschlüssig im Raum stehen. „Vielleicht ist er nur mal aufs Klo?", versuchte sie sich zu beruhigen. Doch weder da noch sonst wo konnte sie ihn finden. Und wäre er auf die glorreiche Idee gekommen, in seinem Zustand rauszugehen, hätte sie es definitiv mitbekommen.

Ein Blick zur Anrichte ließ sie dann tatsächlich aufschreien. Von sämtlichen gemeinsamen Fotos, die dort eingerahmt standen, war Max verschwunden, so als habe er nie existiert.

Geschockt ging sie zurück ins Schlafzimmer und legte sich ins Bett. Auf dem Bildschirm des Laptops war eine neue Nachricht erschienen.

„Zufrieden?"

Gerade, als sie antworten wollte, klopfte es an die Schlafzimmertür. Erschrocken sah sie auf. „Ja?"

Eine gut gelaunte Krankenschwester kam mit einem Wägelchen herein und brachte ihr das Frühstück ans Bett. „Na, meine Liebe. Bereit für einen neuen Tag voller Möglichkeiten?" Silvia sah sie entgeistert an. „Oh, Sie sind wohl gerade erst aufgewacht, was?" Sie lächelte ihr verständnisvoll zu. „Das kenne ich. Ansonsten alles gut bei Ihnen? Sie sehen aus, als hätten Sie einen Geist gesehen." Wieder dieses mitfühlende Grinsen.

„Äh, wie … was … ich verstehe nicht", stammelte Silvia.

„Oh, und Sie haben was gezeichnet. Sehr schön. Das wird den Doktor freuen zu sehen." Sie deutete auf den Laptop.

„Ich weiß nicht …", begann sie, brach dann aber ab. Statt eines Computers hielt sie auf einmal eine kleine Schiefertafel mit Kreide in der Hand. „Was, zum Teufel … Wo ist Max?"

„Ihr toter Ehemann?" Die Krankenschwester sah sie ernst an. „Erinnern Sie sich nicht mehr daran? Sie haben ihn vor drei Jahren getötet und wurden, nachdem man Sie für unzurechnungsfähig erklärt hat, hierher in die geschlossene Abteilung gebracht." Sie zog ihre Stirn in Falten. „Ich glaube, ich muss mit dem Doktor nochmal über Ihre Dosierung sprechen."

„Nein, nein, mir geht es gut", versicherte ihr Silvia schnell. „Ich bin wohl von dem Traum letzte Nacht noch ein wenig durcheinander."

Die Krankenschwester sah sie prüfend an. „Na, dann lassen Sie sich mal jetzt Ihr Frühstück schmecken", sagte sie und machte auf dem Absatz kehrt.

Tattoo

Das Haus in der Edmonton Street Nummer acht, in dem Archie sein trostloses Leben fristete, war eine Bruchbude sondergleichen. Anfang des zwanzigsten Jahrhunderts erbaut, war es seit den Fünfzigern nicht mehr renoviert worden. Feuchtigkeit und Schimmel grüßten aus jedem Zimmer. Zudem zogen tiefe Risse durch die Wände, da der Boden zu einer Seite hin abgesackt war. Aber auch sonst versprühte die Wohnung eher den Charme einer heruntergekommenen Eckkneipe. Die Farbe Grün, besser gesagt Kotzgrün, dominierte in allen Räumen. Abgenutztes, stumpfes Parkett ergänzte sich dazu prima mit dem durchgesessenen, durch ausgedrückte Zigarettenkippen verstümmelten Sofa. Das Badezimmer hatten sich derweil Kakerlaken zu eigen gemacht. Ein Umstand, mit dem Archie gut leben konnte. Duschen wurde gemeinhin überbewertet. Und über allem hing dieser muffige Geruch, verursacht durch jahrelangen Nikotinkonsum.

Gerade sah er sich eine Folge Jeopardy im Fernsehen an, die heutigen Kandidaten waren an Dummheit mal wieder nicht zu übertreffen, als er hörte, wie ein Wagen vor dem Haus parkte. Geräuschvoll wurden Türen zugeschlagen. Neugierig ging er ans Fenster und lugte durch eine von Rauch vergilbte Gardine.

Neben einem knallroten Ford Mustang Baujahr 1971 stand ein muskelbepackter, glatzköpfiger Schwarzer, der sich gerade einen augenscheinlich ziemlich schweren Seesack über die Schulter wuchtete. Das graue Muskelshirt, das er trug, spannte sich dabei bedenklich über der Brust und die Adern an seinen mächtigen Oberarmen traten deutlich sichtbar hervor.

„Was für eine Kante", entfuhr es Archie.

Erst auf den zweiten Blick nahm er nun die riesigen Tattoos wahr, die sich ausgehend von dessen Unterarmen hinauf bis unter das Shirt schlängelten und dort vermutlich noch weiterliefen. Es schienen Fantasietiere zu sein. Er konnte so etwas wie einen Fuchs mit gefletschten Zähnen und Flügeln und einen Affen mit Stacheln erkennen. Na ja, wer's mag.

Nun setzte sich der Unbekannte in Bewegung, wodurch er kurz darauf aus Archies Blickfeld verschwand. Zu dessen Überraschung ging er offenbar um das Haus herum. Er wich vom Fenster zurück, eilte durch den Flur in die Küche und sah gerade noch, wie dieser die Außentreppe hinaufstieg. Wenig später hörte er ihn über sich in der Wohnung hin und her laufen. Bei dem Fremden handelte es sich ganz offensichtlich um seinen neuen Nachbarn.

Na, toll. Jetzt vermietet Freddie schon an Nigger.

Im Grunde hatte Archie nicht nur etwas gegen Schwarze, sondern gegen alle Ausländer. Ein Spanier hatte ihm den Job weggeschnappt – *hey, komm' mir jetzt nicht mit meiner Alkoholfahne; da hat jeder mal einen über den Durst gesoffen* –, seine Frau war mit einem Asiaten durchgebrannt – *scheiß Reisfresser!* – und ihr italienischer Anwalt – *verfickter Spaghettifresser!* – hatte ihn finanziell bis auf die Unterhose ausgezogen. Dementsprechend übel war seine Meinung über alles und jeden jenseits der Landesgrenzen. Und sie sollte nicht besser werden.

Keine drei Stunden nach dem Auftauchen des Typen hörte er über sich auf einmal schnelles Getrippel wie von kleinen Pfoten, verbunden mit einem durchdringenden Heulen, das nicht enden wollte.

„Verdammte Scheiße", brüllte Archie die Wohnzimmerdecke an. „Ist da endlich mal Ruhe?"

Als das Jaulen stattdessen noch an Intensität gewann, sprang er wutentbrannt vom Sofa auf und stürmte kurz darauf die Außentreppe hinauf.

Na, warte, Dwayne Johnson. Jetzt wirst du mich kennenlernen.

Er hämmerte mit einer Faust gegen seine Tür. Das nervtötende Geheul erstarb fast augenblicklich, woraufhin sich schwere Schritte näherten. Die Wohnungstür wurde einen Spalt breit geöffnet und dunkle Augen fixierten ihn prüfend.

„Ja, bitte?"

„Schon mal was von einer Hausordnung gehört?", blaffte ihn Archie direkt an.

„Warum?"

„Weil da nämlich dick und fett drinsteht, dass Haustiere verboten sind." Er starrte ihn durchdringend an.

„Ach, so. Sie meinen wegen dem Lärm von gerade eben. Da kann ich Sie beruhigen", antwortete dieser freundlich. „Das war nur der Fernseher."

Archie glotzte ihn ungläubig an. „Halten Sie mich für bescheuert? Ich hab' doch von unten gehört, wie hier irgendwas herumläuft."

Die Augen seines Gegenübers verengten sich nun merklich und die Tür wurde ein Stückchen weiter aufgeschoben. „Guter Mann. Ich weiß nicht, was Sie glauben, gehört zu haben, aber ich kann Ihnen versichern, dass es nur der Fernseher war."

„Ja, klar. Und ich bin der Kaiser von China. Dann haben Sie doch bestimmt nichts dagegen, wenn ich mir mal persönlich ein Bild davon mache?"

„Ich denke, Sie sollten jetzt besser gehen." Sein Blick war nun eisig.

Archie hielt diesem noch einen Moment stand, dann wandte er sich langsam von ihm ab, jedoch nicht ohne eine letzte Warnung auszusprechen. „Ich behalte Sie im Auge, Freundchen."

„Zachary. Mein Name ist Zachary." Ein düsteres Lächeln umspielte seine vollen Lippen. „Glauben Sie mir, das werde ich ebenfalls tun."

Wie Archie von Freddie erfuhr, hatte der Kerl ihm die Miete für zwei Monate im Voraus bezahlt. Länger wolle er definitiv nicht bleiben, habe er ihm gesagt. Archie hoffte, dass er sich möglicherweise schon eher wieder verpisste. Der Typ roch nach Ärger. Dafür hatte er ein Näschen. Außerdem war irgendetwas anders an ihm gewesen, als er ihn zur Rede gestellt hatte. Er kam bislang nur nicht darauf, was es war.

Die folgenden Tage verliefen überraschend ruhig. Weder sah noch hörte er etwas von Zachary und seinem angeblich nicht vorhandenen Mitbewohner.

Dann wurde er eines Nachts plötzlich von Motorenlärm geweckt. Noch halb im Schlaf wankte er zum Wohnzimmerfenster. Draußen saß Zachary hinterm Steuer seines Mustangs und ließ den Doppelrohrauspuff mächtig röhren. Er war allein unterwegs, soweit Archie das in der Dunkelheit beurteilen konnte. Schließlich rauschte er, begleitet von einer dicken Abgaswolke, davon. Stunden später, es dämmerte bereits, kehrte er ebenso geräuschvoll wieder zurück. Doch dieses Mal stellte er den Wagen nicht vor dem Haus ab, sondern wendete davor und fuhr dann rückwärts die danebenliegende Auffahrt hinauf. Bei laufendem Motor beobachtete ihn Archie dabei, wie er kurz darauf etwas aus dem Kofferraum hob. Es war ein riesiger Sack, ein anderer als der Seesack, mit dem er hier angekommen war, der offenbar ganz schön Gewicht hatte. Nur mit Mühe gelang es ihm, ihn herauszuzerren und sogleich die Außentreppe hinaufzutragen. Anschließend kam er zurück und parkte den Mustang an der ursprünglichen Stelle.

Jeder andere hätte jetzt zum Telefon gegriffen und die Polizei informiert. Ein Gedanke, der Archie nicht einmal im Ansatz kam. Sein Verhältnis zu den Ordnungshütern war seit geraumer Zeit, sagen wir mal, stark angespannt. Aber das war eine andere Geschichte. Außerdem konnte in dem Sack ja alles Mögliche sein. Warum also die Pferde scheu machen? Er würde zunächst nach weiteren Hinweisen Ausschau halten und dann gegebenenfalls entsprechend reagieren. So legte er sich fürs Erste wieder ins Bett und fiel sogleich in einen traumlosen Schlaf.

Zu seiner Enttäuschung blieb Zachary den nächsten Tag komplett in seiner Wohnung. Zweimal glaubte Archie, ihn über sich zu hören, aber das konnte auch nur das Ächzen des Hauses gewesen sein. Ansonsten herrschte absolute Ruhe.

Nach dem Abendessen, es gab eine Tiefkühlpizza mit Salami und Cola, beschloss er die Nacht wach zu bleiben oder zumindest so lange wie möglich durchzuhalten. Mal sehen, ob Mister Anabolika erneut einen späten Ausflug unternahm. Dann würde er sich an ihn dranhängen.

Bis Mitternacht war es überhaupt kein Problem gewesen. Durch das Koffein der Cola, er war inzwischen bei der dritten Dose angelangt, war er aufgekratzt und regelrecht überdreht. Dazu explodierte und knallte es nur so aus der Flimmerkiste, als sich die Actionhelden seiner Kindheit ein Stelldichein gaben. Doch von Minute zu Minute wurden seine Augenlider schwerer. Als er fast schon drohte wegzunicken, stand er auf und tat etwas, was er nur ganz selten machte. Er lüftete. Die kühle, unverbrauchte

Luft weckte noch einmal seine Lebensgeister. Dazu eine Kanne frisch aufgebrühten Kaffee, den er sich in der Küche zubereitet hatte. Doch irgendwann nach zwei Uhr fielen ihm schließlich die Augen zu.

Als er wieder erwachte, hatte er heftige Nackenschmerzen. Welch Wunder. War er doch glatt im Sitzen eingeschlafen. Er reckte sich einmal kräftig und sah dann zur Uhr an der Wand.

„Verdammt", fluchte er. „Ich muss über eine Stunde weg gewesen sein." Er schnellte hoch und stürzte ans Fenster. „Das gibt's doch nicht", schrie er. Der Mustang war weg. „Mist, Mist, Mist!" Er hätte sich eine reinhauen können. Nun blieb ihm nichts anderes übrig, als auf Zacharys Rückkehr zu warten.

Zum Glück musste Archie nicht lange ausharren. Bereits wenig später hörte er ihn näherkommen. In der Stille der Nacht war der Sound des Mustangs unverwechselbar. Wie schon vierundzwanzig Stunden zuvor lenkte Zachary den Wagen die Auffahrt hinauf, stoppte dann neben dem Haus und ließ ihn im Leerlauf vor sich hintuckern, während er dem Kofferraum einen weiteren Sack entnahm und die Außentreppe zu seiner Wohnung hinaufwuchtete.

„Hab' ich's doch geahnt", bemerkte Archie zufrieden. Nachdem sein ursprünglicher Plan, Zachary zu folgen, misslungen war, hatte er sich für morgen bereits einen neuen zurechtgelegt. Und diesen würde er definitiv nicht verpennen. So schlief er kurz darauf mit einem Lächeln im Gesicht in seinem Bett ein.

Freddie, Archies Ratte von Vermieter, wohnte ein wenig außerhalb der Stadt. Doch um sein Vorhaben in die Tat umsetzen zu können, kam er um einen Besuch nicht herum. Er hoffte nur, dass der alte Sack auch da war. Ein kurzer Anruf hätte diese Frage freilich im Nu beantwortet, aber Archie setzte auf den Überraschungseffekt. So klingelte er am späten Vormittag bei ihm Sturm.

„Ja, verdammt, ich komm' ja schon", rief Freddie sichtlich genervt. „Ich bin zwar alt, aber noch nicht taub." Die Tür wurde ruckartig geöffnet. „Du? Was willst du denn hier?"

„Hi, Freddie. Dachte, ich frag' mal nach meinem Rasenmäher."

„Häh?" Er starrte ihn entgeistert an. „Sag' bloß, das ist dir beim Aufstehen mal eben so eingefallen?" Archie sagte nichts und starrte nur zurück. „Bist du unter die Gärtner gegangen, oder was?"

„Tja, einer muss sich ja um den Rasen kümmern, wenn du es schon nicht machst."

„Das einzige Gras, das dich interessiert, rauchst du doch."

„Jetzt quatsch' nicht so lange und gib' mir einfach das Teil."

Freddie musterte ihn noch einen Augenblick, um zu sehen, ob sich sein Mieter nicht bloß einen dummen Scherz mit ihm erlaubte, und winkte dann ab. „Scheiß' drauf. Das Ding steht im Keller." Er drehte sich um und schlurfte davon. „Warte hier."

„Ach, könnte ich so lange bei dir ne Stange Wasser abstellen?"

„Meinetwegen, aber piss' nicht daneben."

Dieses Risiko bestand zu keiner Zeit, denn Archie hatte gänzlich andere Pläne. Er ging am Bad vorbei und huschte in die Küche. Das, wonach er suchte, befand sich in einer kleinen Schachtel im Hängeschrank. Er fand sie auf Anhieb. Ein Blick hinein ließ ihn lächeln. Auf der Rückfahrt pfiff er bestens gelaunt zur Musik im Radio. Die Nacht konnte kommen.

Statt sich erneut mit koffeinhaltigen Getränken krampfhaft wachzuhalten, beschloss Archie dieses Mal, sich frühzeitig ins Bett zu legen und einen Wecker zu stellen. In den letzten beiden Nächten war sein umtriebiger Nachbar nie vor zwei Uhr losgezogen. Er spekulierte daher darauf, dass er seinen Gewohnheiten treu blieb. Eine Vermutung, die sich als goldrichtig erweisen sollte.

Der Wecker war erst wenige Minuten verstummt, da sprang auch schon vor dem Haus der Mustang an. Breit grinsend stand Archie am Fenster und sah ihn die Edmonton Street in südlicher Richtung davonfahren.

„Na, dann wollen wir mal", flötete er gut gelaunt und griff nach dem Zweitschlüssel für Zacharys Wohnung, den er sich von Freddie „ausgeborgt" hatte. Dass dieser überhaupt einen besaß, was ohne Einwilligung des Mieters natürlich absolut verboten war, hatte Archie vor gut drei Jahren eher zufällig beobachtet.

Damals war ihm sein Kellerschlüssel abhanden gekommen und so hatte er Freddie nach einem Ersatz gefragt. Dieser war daraufhin in der Küche verschwunden und kurz darauf mit einem entsprechenden Exemplar zurückgekommen. Gedankenlos hatte er dabei die kleine Schachtel offen auf dem Tisch stehen lassen und so sah Archie, dass sich noch zwei weitere Schlüssel darin befanden. Der eine mit einem gelben Punkt versehen und der andere, wie sein eigener Wohnungsschlüssel, mit einem roten. Da das

Haus, in dem Archie lebte, lediglich über zwei Wohnungen verfügte, war es nicht allzu schwer zu erraten, zu welchem Schloss wohl der gelbe passen würde.

So stand er nun auf der Außentreppe vor Zacharys Wohnung und führte mit vor Aufregung leicht zitternder Hand den Schlüssel in den Schließzylinder ein. Das Wort Hausfriedensbruch waberte kurz durch seinen Kopf, doch er schob es mühelos beiseite. Schließlich gab es triftige Gründe für diese Aktion. Bevor er jedoch die Tür öffnete, lauschte er angestrengt an selbiger. Archie hatte keine Lust darauf, von einem dahinter wartenden Hund direkt angefallen zu werden. Denn noch immer war er sich vollkommen sicher, dass hier mindestens ein Tier sein musste. Als er nichts vernahm, drehte er den Schlüssel vorsichtig im Schloss herum und die Tür öffnete sich mit einem leisen Klicken.

Das Erste, was er sah, war ein langer, verlassener Flur. So weit, so gut. Doch noch sagte das gar nichts aus. Der tierische Mitbewohner konnte weiterhin in einem der anderen Zimmer sein. Archie machte insgesamt vier aus. Zwei links, eins rechts und eins am Ende des Flurs. Alle Türen waren geschlossen. Er trat ein und blickte um sich. „Wo ist dieser verdammte

Lichtschalter?" Er drehte sich einmal um die eigene Achse, dann fand er ihn neben der noch immer offenstehenden Wohnungstür.

Jetzt, da es hell war, fühlte er sich gleich viel wohler. Er schloss die Tür und begann sofort mit der Durchsuchung. Das erste Zimmer zu seiner Linken entpuppte sich als Küche. Sie machte einen abgenutzten Eindruck. Möbel, Geräte, alles schien seine beste Zeit lange hinter sich zu haben. Zachary hatte sich offenbar dazu entschieden, sie möbliert zu übernehmen, was Archie nicht wirklich überraschte. Bis auf die Säcke hatte er ihn nichts hineintragen sehen. Wer zudem nur für eine so kurze Zeit hier wohnen wollte, brachte in den seltensten Fällen sein gesamtes Hab und Gut mit.

Er durchwühlte sämtliche Schubladen und Schränke, fand jedoch nichts Ungewöhnliches. Nicht einmal einen Fressnapf. Ähnlich frustrierend lief es im angrenzenden Bad und im Schlafzimmer gegenüber. Somit blieb nur noch ein Raum übrig.

Mit leisen Schritten durchquerte er den Flur und legte ein Ohr an die dazugehörige Tür.

Nichts.

Absolute Stille.

Als Archie sie schließlich aufschob, quietschte sie leicht in den Angeln. Er verzog angewidert das Gesicht. Jedoch nicht wegen dem Geräusch, sondern dem süßlichen Verwesungsgeruch, der sich wie ein unsichtbarer Mantel um ihn legte. Sofort hielt er sich die Nase zu.

„Bah", stöhnte er. „Dagegen ist meine Bude ja der reinste Rosengarten."

Das Zimmer schien auf den ersten Blick ebenso verwaist wie der Rest der Wohnung. Sämtliche Möbel, eine Couch, zwei Sessel und ein Glastisch, waren an die Wände geschoben. Der dadurch in der Mitte frei gewordene Platz war offensichtlich ausgiebig genutzt worden. Archie sah eine Vielzahl von Blutspritzern und sogar Knochensplittern auf dem Teppich. Er musste würgen.

„Was für eine kranke Scheiße geht denn hier ab?", röchelte er.

Dann schrie er plötzlich auf. In einem der beiden Sessel saß jemand. Er hatte es zunächst gar nicht bemerkt, da das Sitzmöbel mit dem Rücken zu ihm stand. So starrte die darin befindliche Person die Wand an.

„Hey, Sie da. Geht's Ihnen gut?" Was für eine dämliche Frage, die prompt mit Schweigen beant-

wortet wurde. Archie stand für einen Moment hilflos
da. Er wollte nicht hingehen, wusste aber, dass er es
tun musste. So schob er seinen Körper Stück für
Stück näher an den Sessel heran. Als er ihn schließlich erreichte, raffte er allen noch verfügbaren Mut
zusammen und blickte der Person ins Gesicht. Ein er-
neuter Schrei, hoch und durchdringend, entrang sich
seiner Kehle.

Vor ihm saß eine nackte, junge Frau, deren Glied-
maßen notdürftig mit Fäden zusammengehalten
wurden. Wobei „eine" Frau es nicht ganz traf, wie
Archie schnell bemerkte. Sie schien eher aus mehre-
ren „zusammengebaut" worden zu sein. Ihre Arme
gehörten definitiv nicht zu ihren Beinen und auch
der Kopf ruhte offenbar vormals bei jemand anderem
auf dem Hals. Zum Glück waren wenigstens ihre Augen geschlossen. Ihr gequälter Blick hätte ihn sonst
auf der Stelle in den Wahnsinn getrieben.

Ein plötzlich aufkommender Windzug zog seine
Aufmerksamkeit auf sich. Was er nun sah, überstieg
sein Fassungsvermögen. Vor ihm flatterte ein Fuchs
mit ausgebreiteten Schwingen in der Luft und knurr-
te ihn dämonisch an. Archies Kinnlade fiel herunter
und seine Augen quollen bedrohlich aus den Höhlen.
Ein Sabberfaden löste sich aus seinem Mund und

rann ihm am Kinn hinunter. Archie war außerstande sich zu bewegen. Er musste fantasieren. Das passierte doch jetzt nicht wirklich, oder?

Ein markerschütterndes Heulen löste seine Starre. Jetzt wusste er, dass es Realität war. Eben jenes Jaulen hatte er am Tag von Zacharys Einzug schon einmal aus dieser Wohnung gehört. Und auf einmal wusste er auch, was am besagten Tage an seinem Nachbarn so anders gewesen war. Es hatte am Oberarm das Tattoo mit dieser vor ihm schwebenden Kreatur gefehlt. So verrückt es auch klang, aber das Tattoo war offenbar lebendig geworden.

Die Erkenntnis war gerade in sein Bewusstsein gesickert, da flog auch schon die Wohnungstür auf. Zachary war zurück und sein Lächeln war breiter denn je.

„Na, wen haben wir denn da?" Mit ein paar Schritten war er bei ihm. Sein geflügelter Freund machte artig in der Luft Platz. „Warum bin ich wohl nicht überrascht?" Archie sagte nichts. „Wie ich sehe, haben Sie sich bereits miteinander bekannt gemacht." Er zwinkerte dem Fuchs zu. „Und mit meinem Schatz ebenfalls." Er deutete hinüber zum Sessel. „Ist sie nicht hübsch?"

„Sie perverses Schwein!"

„Aber, aber. Ich hol' mir nur das zurück, was man mir genommen hat."

„Dafür werden Sie in der Hölle schmoren."

„Ach, da war ich schon", erwiderte Zachary lapidar. „Ist recht langweilig dort." Dabei blitzten seine Augen für einen kurzen Moment rötlich auf. Archie blieb seine Antwort im Halse stecken.

„Wissen Sie, sie brachten meine Frau um." Er begann im Zimmer auf und ab zu gehen. „Aber nicht nur einfach so. Nein, sie folterten sie auf alle erdenklichen Weisen. Sie trennten ihr Finger ab, peitschten sie aus, steckten Nadeln in sie hinein und zogen ihr zum Schluss noch die Haut ab." Er blieb wieder vor ihm stehen. „Und das alles direkt vor meinen Augen."

Archie wagte es nicht zu fragen, wer „sie" waren.

„Und wofür das alles?" Zacharys Blick durchbohrte ihn jetzt geradezu. „Um mich zu bestrafen." Speichel flog von seinen Lippen und klatschte Archie gegen die Stirn, so sehr hatte ihn die Erinnerung daran in Rage gebracht. „Dabei hab' ich diesem Bastard von Höllensohn nur das gegeben, was er längst verdient hatte. An seinem gezackten Schwanz zu ersticken."

„Und was haben diese unschuldigen Frauen, die Sie umgebracht haben, damit zu tun?" Archie hatte seine Stimme wiedergefunden.

„Haben Sie mir nicht zugehört, oder was?", donnerte Zachary zurück. „Jede hat ihren Beitrag dazu geleistet, um mir meine geliebte Zaphira zurückzugeben." Archie erschauderte. „Daher ist es nun an der Zeit, dass auch Sie Ihren Teil dazu beitragen."

Zachary trat ein paar Schritte von ihm zurück und zog sich dann nacheinander Jacke und Shirt aus. Sein mächtiger Oberkörper war übersät mit weiteren Tier-Tattoos. Alle waren kunstvoll verfremdet worden, indem man ihnen etwas hinzugefügt hatte. Ein fünftes Bein, ein drittes Auge, einen zweiten Schnabel. Die Vielfalt war beeindruckend.

Mit den Handflächen nach oben breitete er nun seine Arme aus, so als wollte er ein Gebet sprechen, und legte seinen Kopf in den Nacken. Panik flutete durch Archies Körper.

Irgendetwas würde gleich passieren und da wollte er ganz sicher nicht dabei sein. Er versuchte wegzulaufen, konnte sich aber kein Stück rühren. Verzweifelt kämpfte er dagegen an, spürte aber letztendlich, dass es sinnlos war. Diese Show war nur ihm gewidmet und als Stargast durfte er natürlich nicht fehlen.

So beobachtete er, wie sich plötzlich ein zweischwänziges Frettchen auf Zacharys Brust aufbäumte und schließlich zu Boden plumpste. Zielsicher lief es auf Archie zu und sogleich an ihm hinauf. Seine kleinen Krallen gruben sich dabei in dessen Haut. Schreiend versuchte Archie es abzuschütteln, doch auch das gelang ihm nicht. Stattdessen begann das Frettchen nun an seinem Hemd zu zerren. Mit spielerischer Leichtigkeit zerfetzte es große Teile davon und riss dabei tiefe Furchen in sein Fleisch. Blut troff immer schneller auf den Teppich. Archie kreischte wie von Sinnen. Doch das eigentliche Grauen stand ihm noch bevor.

Statt Zähne hatte das Tier spitze Glasscherben im Maul und diese fraßen sich nun immer tiefer in seine Brust. Wahnsinnig vor Schmerzen fiel er in eine erlösende Ohnmacht und bekam nicht mehr mit, wie es kurz vor seinem Herzen Halt machte. Mit einem gekonnten Sprung ließ es von ihm ab und verschmolz kurz darauf abermals mit seinem Besitzer.

Zachary, die Arme wieder gesenkt und den Blick geradeaus, grub, nun seine Hand in die klaffende Wunde, packte Archies pulsierendes Herz und beförderte es mit einer einzigen Bewegung ans Tageslicht. Eilig ging er damit zu seinem wartenden Schatz im

Sessel hinüber und rammte es ihr durch den geschlossenen Brustkorb hinein. Kaum hatte er die Hand losgelassen, öffneten sich ihre Augen und ein Lächeln erschien auf ihrem Gesicht.

„Zachary?"

„Ja, mein Schatz."

Dann schloss er sie in seine Arme.

Adventskalender

Das Prädikat „Beste Freundinnen" hatte vor gut drei Monaten irreparable Schäden erlitten. Auslöser dafür war die Geburtstagsparty eines gemeinsamen Freundes gewesen. Judith hatte ihren Freund Christopher im Schlepptau, während Anna, wie immer, solo unterwegs war.

Der Abend begann eigentlich ganz normal. Nach einer gut gewürzten Gulaschsuppe kam neben den obligatorischen Süßigkeiten auch ordentlich Hochprozentiges zum Einsatz. Die Stimmung entwickelte sich dementsprechend ausgelassener und ungehemmter.

Dann begann plötzlich irgendjemand mit Salzstangen zu werfen, wodurch im Gegenzug Chips zurückgeworfen wurden. Dadurch angestachelt schoss Anna die erste Mischung über den Tisch und durchtränkte dabei Christophers Jeans an pikanter Stelle. Gelächter und zweideutige Kommentare folgten umgehend.

Judith sah ihre Freundin mit ungläubigem Blick an. Das ging nun wirklich ein wenig zu weit.

Während die Situation immer mehr aus dem Ruder lief – wobei auch ein paar hochwertige Kristallgläser zerbrachen –, verzog sich Chris ins Bad, um die Hose zu trocknen. Dann stand auf einmal Anna in der Tür.

Als Chris nach einer Weile noch immer nicht zurück war, stand Judith auf und sah nach ihm. *Ist der ins Klo gefallen oder was?*

Im Flur war keine Beleuchtung an und so musste sie sich zunächst orientieren. Was nach drei Grünen und einem Roten gar nicht mehr so einfach war.

„Wo ist dieser verdammte Lichtschalter?", lallte sie genervt. Als sie ihn nicht fand, ging sie einfach drauflos. Das Bad musste das letzte Zimmer auf der rechten Seite sein, wenn sie sich richtig erinnerte. „Bingo", entfuhr es ihr zufrieden, als ein dünner Lichtschein unter der Tür ihre Vermutung kurz darauf bestätigte. Gerade als sie anklopfen wollte, hörte sie von drinnen merkwürdige Geräusche. Sie hielt in der Bewegung inne und lauschte angestrengt. Dabei wurden ihre Augen immer größer.

„Das darf doch wohl nicht wahr sein", spuckte sie förmlich aus. „Na, warte, Freundchen."

Ohne Vorwarnung riss sie die Tür auf und erwischte Chris dabei, wie er mit bis zu den Knöcheln heruntergelassener Hose und blankem Hintern Anna, ebenfalls halb entblößt und mit gespreizten Beinen auf dem Klodeckel vor ihm liegend, das Gehirn rausvögelte.

„Sag' mal, geht's noch?", schrie sie ihn wie eine Furie an und zerrte ihn von ihrer Freundin weg. „Hast du sie noch alle? Du tickst ja wohl nicht mehr sauber." Chris, der nicht wusste, wie ihm geschah, starrte sie nur wortlos an. „Und du, Schlampe", drohte sie Anna mit dem Finger, „brauchst dich nie wieder bei mir blicken zu lassen. Ist das klar?" Sie nickte zaghaft.

Die folgenden Wochen waren zwischen Judith und Chris geprägt von Treueschwüren und Misstrauen. Er flehte sie an, ihm noch eine Chance zu geben. DAS würde nie wieder passieren. Außerdem sei Anna ohnehin nicht sein Typ. Der Alkohol und ihr unverblümtes, aufreizendes Verhalten seien an allem Schuld gewesen. Doch so leicht, wie er es sich vielleicht vorgestellt hatte, machte sie es ihm nicht.

Da sie nicht zusammen wohnten, war eine vollständige Kontrolle für Judith unmöglich, und so stattete sie ihm hin und wieder unangekündigten Besuch ab. Immer zu unterschiedlichen Zeiten, aber jedes Mal mit demselben Ergebnis. Er war stets alleine. Zudem kontrollierte sie sein Handy. Angst, dabei erwischt zu werden, hatte sie nicht. Warum auch? Sie hatte schließlich allen Grund dazu.

Wie Judith feststellte, war es unmöglich für sie, Chris zu verzeihen. Dennoch wollte sie es noch einmal mit ihm probieren. Sein Verhalten und seine Bemühungen ließen in ihr die Hoffnung keimen, dass sie ihm mit der Zeit wieder vertrauen konnte. Auch wenn wohl immer ein kleiner Restzweifel bleiben würde.

Bei Anna war das etwas völlig anderes. Klar hatte Chris auch seinen Teil zu der Aktion auf dem Klo beigetragen, aber das änderte nichts daran, dass sie sich von ihr zutiefst verletzt und verraten fühlte. Sie waren von Kindheitstagen an die dicksten Freunde gewesen und dann sowas. Das ging definitiv über das entschuldbare Maß hinaus.

Trotz allem stand Anna Ende November wieder vor ihrer Tür und bat um ein klärendes Gespräch.

„Gib' mir nur fünf Minuten, Judi ..."

Nenn' mich nicht so, Miststück!

„... dann bin ich wieder verschwunden."

Sie bekam sie an Ort und Stelle. Gemeinsam in einem Raum hätte sie sich womöglich nicht beherrschen können und ihr die Augen ausgekratzt. Was folgte, waren die gleichen Entschuldigungen, die sie sich bereits zuvor von Chris hatte anhören müssen. Nach zwei Minuten hörte sie ihr schon nicht mehr zu. Als Anna zum Schluss auch noch einen selbstgebastelten Adventskalender hervorholte, quasi als Geste der Versöhnung, hätte sie ihn am liebsten in der Luft zerrissen. Stattdessen nahm sie ihn wortlos an und schloss dann wieder die Tür.

Als Chris abends zu Besuch kam und sie fragte, von wem sie denn diesen tollen Kalender bekommen habe, antwortete sie nur knapp, dass er von einer Kollegin sei.

Der Dezember war wie immer sehr stressig für Judith. Da sie im Einzelhandel arbeitete, war sie Überstunden gewohnt, doch je näher Weihnachten rückte, desto mehr drehten die Leute durch. Abends lag sie dann zumeist völlig erschlagen auf dem Sofa, eine Tafel Schokolade immer griffbereit, und war zu mehr als fernsehen nicht in der Lage.

Schokolade. Ihr großes Laster. Schon morgens brauchte sie ein Stück, um gut in den Tag zu kommen. Und auch wenn sie es nicht einmal unter Folter zugegeben hätte, Annas Adventskalender kam ihr da wie gerufen. Zum Glück hatte sie die Gene ihrer Mutter geerbt, so dass es bei ihr nicht ansetzte.

Am ersten Advent hatte sie allerdings nur einen Zettel im Türchen vorgefunden. Enttäuscht entfaltete sie ihn. Dort stand in Annas geschwungener Handschrift:

„Advent, Advent,
ein Lichtlein brennt!

Erst eins ..."

Judith wendete den Zettel in der Hoffnung, es würde vielleicht noch auf der Rückseite weitergehen, aber dem war nicht so. Stirnrunzelnd zerknüllte sie ihn in der Hand. „Na, toll, ein Kinderreim. Und was soll ich jetzt damit anfangen, du dumme Schnepfe?"

An den folgenden Sonntagen gab es weitere Zettel. Aus der eins wurde eine zwei, dann eine drei und schließlich, welch Überraschung, eine vier. „Ich kann Heiligabend kaum noch erwarten", sagte sie spöttisch und verdrehte dabei die Augen.

In den frühen Morgenstunden des Dreiundzwanzigsten hockte sie vornübergebeugt vor der Kloschüssel und kotzte sich die Seele aus dem Leib. Ein Magen-Darm-Virus war im Umlauf und hatte sie voll erwischt. Chris stand draußen vor der Badezimmertür und fragte immer wieder, ob er etwas für sie tun könne. „Verschwinden", hätte sie ihm am liebsten zugerufen, aber dazu war sie zu beschäftigt.

Als sie schließlich das Bad wieder verließ, kam er aus der Küche angetrottet. „Besser?"

„Seh ich so aus?" Sie war weiß wie eine Wand. Ihr Gesicht glänzte vom kalten Schweiß und sie zitterte leicht. „Bleib' lieber weg von mir. Ich will dich nicht anstecken." Sie sah ihn mit glasigen Augen an. „Vielleicht wäre es besser, wenn du nach Hause fährst. Ich komm' schon allein klar."

„Bist du sicher?"

„Ich werd' schon nicht sterben."

„O.k., aber melde dich nachher nochmal, wie es dir geht, ja?" Sie nickte erschöpft. Als er kurz darauf seine Jacke anzog, fiel ihm noch etwas ein. „Ach, übrigens, gehst du heute noch an deinen Adventskalender ran?" Sie sah ihn an, als hätte er nicht mehr alle Tassen im Schrank. „Ich weiß, blöde Frage. Dürfte ich dann vielleicht …"

„Oh, Mann. Nimm' es dir einfach und dann Abmarsch", antwortete sie ungeduldig, worauf er dämlich grinste.

Nachdem sie sich bei einer Kollegin krank gemeldet hatte, legte sie sich wieder ins Bett und versuchte noch ein bisschen zu schlafen. Jedoch ohne Erfolg. Ein schwarzer Tee und drei Zwieback später schlummerte sie, eingehüllt in eine warme Decke, schließlich auf der Couch ein.

Ab Nachmittag ging es mit ihr langsam wieder bergauf, so dass sie es wagte, zum Abendbrot eine erste leichte Mahlzeit zu sich zu nehmen. Einen Erdbeerjoghurt und eine Banane. Zu ihrer Erleichterung blieb beides drin. Danach schickte sie Chris eine kurze Nachricht, dass es ihr besser ginge, und legte sich dann früh ins Bett.

Am nächsten Morgen erwachte sie, als wäre der gestrige Tag nur ein böser Fiebertraum gewesen. Das Bettzeug klebte wie eine zweite Haut feucht an ihrem Körper und ein unterschwelliger Druck waberte durch ihren Kopf. Ansonsten fühlte sie sich einigermaßen erholt und äußerst hungrig.

Aus Rücksicht auf ihren strapazierten Magen beließ sie es aber bei einem Brötchen mit Marmelade und einem weiteren schwarzen Tee. Dabei fiel ihr Blick auf den Adventskalender. Ein letztes Türchen wartete noch darauf, geöffnet zu werden. Sie überlegte kurz, ob sie damit bis nach dem Frühstück warten sollte, stand dann aber auf und förderte, wie bereits vermutet, sogleich einen weiteren Zettel zu

Tage. Die Botschaft darin verursachte ihr eine Gänse-haut. Sie lautete:

„… dann steht der Sensenmann vor deiner Tür."

„Was für ein kranker Scheiß ist das denn, bitte schön?", entfuhr es ihr. Dann sah sie unten, am Rand des Blattes, einen Pfeil. Offenbar ging es dieses Mal auf der Rückseite weiter. Sie drehte den Zettel um und las hastig:

Liebe Judi,

erinnerst du dich, wie ich dir häufig sagte, dass Scho-kolade mal dein Untergang sein würde?
Heute ist es so weit.
Dem letzten Stück aus dem Kalender habe ich, sagen wir mal, eine spezielle Note verliehen. Derjenige, der es isst, hat am nächsten Tag ein Rendezvous mit dem Tod. Lustig, nicht wahr? ;-)
Nun gehört Chris allein mir.
Wünsch' uns Glück.

Judith wich jegliche Farbe aus dem Gesicht.

„Oh, mein Gott", brachte sie gerade noch heraus, dann rannte sie zum Telefon.

Es klingelte einmal.

Zweimal.

Dreimal.

Verdammt, geh' ran.

Dann wurde abgenommen.

„Guten Morgen, mein Schatz." Es war Chris.

„Gott sei Dank, du lebst." Sie atmete erleichtert aus.

„Erzähl' mir was Neues", scherzte er.

„Das ist nicht witzig", erwiderte sie ernst. „Hast du schon die Schokolade aus dem Adventskalender gegessen?"

„Die von gestern?"

„Ja."

„Ähm, nein, ich denke nicht." Er machte eine Pause. „Wieso?"

„Weil Anna mich damit umbringen wollte. Sie muss sie mit einem Gift oder so was versetzt haben."

„Anna?", sagte er ungläubig. „Also war der Kalender gar nicht von deiner Kollegin?" Sie sagte nichts. „Wie auch immer, warum sollte sie das tun?"

Einen Moment später hätte Chris beinahe das Telefon fallengelassen, als plötzlich ein spitzer, durchdringender Schrei aus dem Nebenraum, seinem Schlafzimmer, drang. Gefolgt von einem flehenden: „Bitte nicht!" Ihm blieb die Luft im Halse stecken.

„Was ist denn da bei dir los?"

Doch er war bereits aufgesprungen. Mit voller Wucht rammte er die Tür zum Schlafzimmer auf. Vor dem Bett stand ein in einem schwarzen Umhang gewandeter Hüne und schwang eine riesige Sense über der Schulter. Noch bevor Chris reagieren konnte, sauste sie herab und trennte mit einem schmatzenden Geräusch Annas hübschen Kopf ab. Er rollte über den Teppich, zog dabei eine hässliche Blutspur hinter sich her und kam dann genau vor seinen Füßen zu liegen. Chris kreischte wie am Spieß, während sich der Riese vor seinen Augen in Luft auflöste.

Klassentreffen

Seit zwei Wochen starrte sie ihn nun schon vom Küchentisch her an. Die Einladung zum 25jährigen Klassentreffen der ehemaligen 10b der Helene-Lange-Realschule. Dass sie da überhaupt noch lag und nicht schon längst zerknüllt in den Mülleimer gewandert war, konnte man durchaus als mittlere Sensation betrachten. Denn schließlich waren die letzten Jahre seiner Schulzeit ein einziges Spießrutenlaufen für Martin gewesen.

Als klassischer Außenseiter, der er war und der er wohl immer bleiben würde, wie eine kleine, gehässige Stimme in seinem Kopf bemerkte, gab er täglich die perfekte Zielscheibe für alle Arten von Hänseleien, Spott und Erniedrigungen ab. Mit seinem ruhigen und zurückhaltenden Wesen, ein paar Pfunden zu viel auf den Hüften – *o.k., es waren vielleicht auch ein paar mehr* – und der damals für sein Alter recht kleingewachsenen Statur – *kein Vergleich mehr zu heute* – war er das ideale Opfer. Besonders die Alphatiere der Klasse tobten sich an ihm aus. So kam es nicht selten vor, dass er, um einige Dinge erleichtert, aber dafür mit neu hinzugewonnenen blauen Flecken, den Heimweg antreten musste.

Einmal, Martin kam es vor, als wäre es erst gestern gewesen, hatten sie ihn nach der Mittagspause unmittelbar vor Beginn der letzten Unterrichtsstunde zu viert umringt und dann in den Container mit den Essensresten geworfen. Verdreckt und stinkend musste er in der darauffolgenden Dreiviertelstunde dem Geschwafel von Big Mac, so nannten sie ihren Fast Food liebenden Physiklehrer, alleine aus der hintersten Reihe folgen, während der Rest der Klasse angewidert und naserümpfend mit einigen Bänken Abstand zu ihm dem Unterricht lauschte.

Martin nahm die Einladung ein weiteres Mal zur Hand, entfaltete sie und las abermals den gedruckten Text.

Ein Vierteljahrhundert ist es nun schon her,
da büffelten wir alle zusammen noch schwer.
Da frage ich mich, was ist wohl aus euch geworden,
für die Antwort würde ich glatt morden.
Daher möchte ich euch wiedersehen,
mit nem leckeren Essen und nem Glas im Stehen.
Treffpunkt wird das Bumpy sein,
am 13.10., um 19 Uhr, das wäre fein.

Darunter war ihr Klassenfoto abgebildet – eine leicht verwackelte Aufnahme, die ein Schüler aus der Neunten gemacht hatte –, das mit den Worten versehen war: „Hach, waren wir da noch jung. ;-)"

Direkt darunter stand: „Eure Maike Hyballa, geborene Westergaard", gefolgt von dem Hinweis, bis zum 15.9. kurz unter der angegebenen Handynummer mitzuteilen, ob man kommen wolle oder nicht.

„Maike", überlegte er erneut angestrengt. „Wer warst du noch gleich? Eine gute Dichterin auf alle Fälle schon mal nicht." Er lachte. Als Schüler hatte er sich nie die Nachnamen gemerkt. Fast jeder hatte irgendwelche Spitznamen. Selbst Vornamen blieben bei über zwanzig Mitstreitern nur von den Leuten im Gedächtnis, mit denen er am meisten herumhing. Da auch dieser Kreis bei Martin recht übersichtlich war, könnte er wohl noch Jahre überlegen, ohne dass ihm ein passendes Gesicht dazu einfallen würde. Ein Wunder, dass sie sich überhaupt an ihn erinnerte. Wahrscheinlich hatte sich Maike von der Schule aber auch nur eine Klassenliste mit allen Namen und Anschriften geben lassen, in der Hoffnung, dass die meisten ihrer Einladungen nicht mit dem Vermerk

„Empfänger unter der angegebenen Anschrift nicht zu ermitteln" zurückkamen.

Er speicherte die Nummer in seinem Handy ab und hoffte, dass sie WhatsApp besaß. Auf ein krampfiges Gespräch, nach all der langen Zeit mit einer quasi Fremden, hatte er so gar keine Lust. Einen kurzen Moment später atmete er erleichtert auf, als das grüne Zeichen erschien.

Trotz aller Negativerlebnisse hatte er sich schließlich dazu entschlossen hinzugehen. Grund dafür war einzig und allein Vanessa, sein damaliger Schwarm. Er hoffte, dass sie ebenfalls hingehen würde, wenngleich sie von seiner Existenz vermutlich nichts wusste. Er war der unscheinbare, fette Gnom und sie die von allen Jungs angehimmelte Prinzessin gewesen. Doch Zeiten änderten sich. Seine Waage zeigte mittlerweile etwa dreißig Kilogramm weniger an und auch sonst war er noch ein gutes Stück gewachsen. Wer weiß, vielleicht war sie ja dafür in die Breite gegangen. Eine gefrustete, vom Leben enttäuschte ehemalige Schönheitskönigin, die sich nach zwei gescheiterten Ehen alleine mit ihren drei Blagen herumschlagen musste. Martin kicherte bei der Vorstellung daran.

Blieb nur noch die Sache mit dem Essen. Das konnte zum Problem werden. Nicht, dass ihm die Qualität im Bumpy nicht gefiel, die sollte wirklich hervorragend sein, er hatte nur seit der Schulzeit seine Ernährung komplett umgestellt und da kamen herkömmliche Speisen nicht mehr drin vor. Bücher oder vielmehr deren Inhalt waren nun seine bevorzugte Nahrungsquelle. Es klang verrückt, aber es war so. Nur ein kleiner Happen Fleisch oder ein paar Bissen vom Gemüse genügten und schon musste er sich auf der Stelle übergeben; begleitet von einem ordentlichen Schwall Druckerschwärze. Wie er das dann jemandem plausibel erklären wollte, wusste er nicht. Dazu fehlte ihm schlichtweg die Phantasie.

Angefangen hatte alles mit der Ausbildung zum Bürokaufmann. Nach den prägenden Erfahrungen in der Schule hatte er beschlossen, dass es so nicht weitergehen konnte. Er wollte nicht noch einmal das Dickerchen sein, über das sich alle lustig machten.

So begann er zunächst die Essensportionen zu verkleinern, bis er nach ein paar Wochen bei einem normalen Maß von einem Teller pro Mahlzeit angekommen war. Zur Ablenkung von eventuellen Heißhungerattacken griff er regelmäßig zu einem Buch oder einer Zeitschrift. Er las alles, was er in die Hände bekommen konnte. Ob Jugendroman, Drama, Science-Fiction oder Horror. Egal. Hauptsache, er dachte nicht an Essen.

In dem Tempo, wie die Pfunde purzelten, wuchs gleichermaßen der Ausstoß an Büchern. Nicht selten verließ er an Wochenenden morgens mit einer vollen Plastiktüte die Bücherei und brachte sie abends gleich wieder zurück. Er war wie im Rausch und vergaß darüber schließlich komplett die Nahrungsaufnahme. Nur ans Trinken erinnerte ihn sein auf Sparflamme laufender Körper regelmäßig.

Hatten ihn anfangs die Kollegen noch für sein Durchhaltevermögen bewundert, schlug die Stimmung mit jedem weiteren verlorenen Kilo langsam um. Da er in den Pausen nur noch las, statt sie wie die Anderen mit Essen und Konversation zu verbringen, galt er auf einmal als Sonderling, der sich hinter seinen Büchern versteckte. Wieder einmal war er zum Außenseiter geworden. Nur dieses Mal von ihm vollkommen unbemerkt.

Das erste Buch, das er im wahrsten Sinne des Wortes verschlang, war ein episches Drama über eine Auswandererfamilie zur Kolonialzeit. Er hatte es etwa bis zur Hälfte durchgeackert, als es plötzlich an seiner Haustür klingelte.

„Ach, verdammt", entfuhr es ihm und er betätigte kurz darauf den Türöffner.

„Werbung", ertönte es von unten.

„Alles klar."

Leicht verärgert ob der unnötigen Störung, ging er zurück ins Wohnzimmer, schnappte sich den Wälzer und wollte gerade weiterlesen, als er irritiert innehielt. Mit großen Augen starrte er die zuletzt gelesene Seite an. Bis genau zu der Stelle, an der er unterbrochen wurde, war der Text verschwunden. Statt „Sie sah sich schnell um, konnte jedoch niemanden entdecken." stand da nun nur noch „jedoch niemanden entdecken." Danach ging es normal weiter. Verwirrt blätterte er ein paar Seiten zurück. Auch hier gähnende Leere.

„Das kann doch nicht sein", murmelte er. Immer hektischer schlug er die Seiten zurück, bis er schließlich den Daumen ansetzte und die Blätter nur so fliegen ließ. Nichts. Kein einziger Buchstabe war mehr vorhanden. Stattdessen hatte er nun einen bitteren Geschmack im Mund, verbunden mit dem Gefühl, satt zu sein.

Fortan war die Bücherei für ihn gestorben. Er konnte die Bücher ja schlecht so zurückgeben. Und noch etwas fand er mit der Zeit heraus. Jedes Genre hatte seine eigene Geschmacksrichtung. Dramen waren, wie gesehen, bitter, Liebesgeschichten süß und Thriller würzig. So konnte er je nach Appetit das entsprechende Buch zur Hand nehmen.

Wie sich herausstellte, war die anfängliche Furcht vor dem Essen im Bumpys vollkommen unbegründet. Martin griff ganz einfach zu einer Notlüge. Er hätte bis vor Kurzem an einem Magen-Darm-Virus gelitten und wollte daher kein Risiko eingehen, erzählte er allen, die es wissen wollten. Tatsächlich waren bis auf fünf Leute alle gekommen. Leider gehörte Vanessa zu dieser kleinen Gruppe, wie er schnell feststellte. Nachdem die erste Enttäuschung verflogen war, sollte der Abend dennoch eine Überraschung für ihn parat halten.

Er unterhielt sich gerade mit Roland, dem ehemaligen Klassensprecher, dessen volles Haupthaar sich mittlerweile deutlich zurückgezogen hatte, als ihm plötzlich jemand auf die Schulter tippte.

„Na, kennst du mich noch?", fragte ihn eine schlanke, brünette Frau, nachdem er sich zu ihr umgedreht hatte.

„Ähm, soll ich ehrlich sein?"

„Ist schon o.k. Die Meisten haben mich nicht wiedererkannt", schmunzelte sie. „Ich bin Steffi, die Tonne aus der letzten Reihe."

„Ist nicht wahr. Du siehst fantastisch aus."

„Danke schön. Du aber auch."

Martin spürte, wie ihm die Röte ins Gesicht stieg. Noch immer tat er sich schwer mit Komplimenten. In diesen Augenblicken fühlte er sich wieder wie der kleine, schüchterne Junge aus der 10b.

„Du hast es damals bestimmt nicht bemerkt, aber ich hatte echt ein Auge auf dich geworfen." Nun stand sein Gesicht regelrecht in Flammen. „Du warst so unbeholfen süß. So lieb einfach. Ganz anders wie der Rest der Jungs."

Die einsetzende Musik rettete ihn schließlich. Aus den Boxen dröhnte jetzt Extrabreits Klassiker „Hurra, hurra, die Schule brennt". Ein eigens für den Abend engagierter DJ forderte die Anwesenden zum Tanzen auf. Nach dem Essen hatte man die Tische und Stühle an den Rand geschoben, um so Platz für eine Tanzfläche zu schaffen. Diese füllte sich nun zusehends. Steffi wurde von einer der ehemaligen Mitschülerinnen – Martin hatte keinen blassen Schimmer, wie sie hieß – von ihm weg- und auf das Parkett gezogen. So endete wenig später für ihn der Abend mit der Erkenntnis, sich wider Erwarten gut unterhalten und amüsiert zu haben. Ein Gefühl, das er schon lange nicht mehr gehabt hatte.

In den darauffolgenden Tagen kehrte wieder der Alltag ein. Er ging, mehr oder weniger motiviert, seiner Arbeit nach, saugte täglich zwei Liebesromane, herrlich süßes Zeug, in sich hinein und legte sich abends frühzeitig in die Koje. Auch meldete sich Maike noch mal. Sie erkundigte sich, wie ihm das Klassentreffen gefallen habe. Jetzt, da er ihrem Namen auch ein Gesicht zuordnen konnte, hatte er auch kein Problem mehr damit, ihr seine positiven Eindrücke kurz telefonisch mitzuteilen. Sie freute sich sichtlich darüber und versprach, nicht noch einmal fünfundzwanzig Jahre bis zum nächsten Treffen verstreichen zu lassen.

Eines Abends, es muss noch Ende Oktober gewesen sein, bekam Martin plötzlich unerwarteten Besuch. Er war gerade in einem gepfefferten Thriller versunken, als ihn die Klingel hochschrecken ließ. Er drückte auf den Türöffner und hörte sogleich, wie jemand mit eiligen Schritten das Treppenhaus heraufkam. Gespannt wartete er im Türrahmen, wer da wohl kommen mochte.

„Hallo Martin. Ich hoffe, ich komme nicht ungelegen?"

„Äh, nein. Ich bin nur ein wenig überrascht." Vor ihm stand Steffi. „Woher weißt du denn, wo ich wohne?"

„Maike war so lieb, mir deine Adresse zu geben", erklärte sie. „Du bist ihr doch hoffentlich jetzt nicht böse deswegen, oder?"

„Nein, Quatsch. Ist ja kein großes Geheimnis." Er sah sie erwartungsvoll an.

„Du fragst dich gerade bestimmt, warum ich sie überhaupt haben wollte, nicht wahr?" Ohne auf eine Antwort zu warten, sprach sie weiter. „Wir wurden an dem Abend ja so abrupt unterbrochen und das fand ich einfach schade. Ich hätte mich gerne noch ein bisschen mit dir unterhalten. Drum dachte ich mir, ich komme einfach mal spontan vorbei."

„Oh, ähm, ja klar. Warum nicht?", stammelte er. *Herrgott, reiß' dich zusammen, Mann.* „Dann mal hinein in die gute Stube." Er machte nervös lächelnd Platz und überließ ihr den Vortritt. Als sie an ihm vorbeiging, nahm er ein dezent-orientalisches Parfüm wahr, das ihm auf Anhieb gefiel. Hatte sie es auch schon beim Klassentreffen getragen? Er wusste es nicht.

Nach einem kurzen Rundgang durch sein bescheidenes Reich landeten sie schlussendlich im Wohnzimmer. Hier fiel Steffi sofort das riesige Bücherregal ins Auge, welches eine komplette Wand einnahm.

„Wow, da liest aber jemand viel", staunte sie nicht schlecht. Martin blieb ganz ruhig. Von diesen Büchern ging keine Gefahr aus, entdeckt zu werden. Hier stand nur sein Vorrat und nicht die ausgelesenen Exemplare. Die lagerte er vorsichtshalber oben auf dem Dachboden. Steffi nahm sich eins willkürlich heraus und betrachtete den Titel. „So, so. Meine erste Liebe." Sie sah ihn fragend an.

„Ein Geschenk einer Kollegin", sagte er ein wenig verlegen. „Ich glaube, sie hat da mehr an ihren Geschmack gedacht."

„Das will ich hoffen", lachte sie. „Darf ich fragen, was du beruflich machst?"

„Ich bin Bürokaufmann in einem Personalbüro. Ist genauso stinklangweilig, wie es sich anhört. Und was machst du so?"

„Ich arbeite als Krankenschwester im benachbarten Klinikum. Ist zwar oftmals sehr stressig, macht mir aber auch ungeheuer viel Spaß."

„Das kann ich mir vorstellen", log er. Nicht im Geringsten konnte er die Leute verstehen, die sich freiwillig mit kranken Menschen umgaben. Da konnte man seiner Gesundheit ja gleich „Adieu" sagen. „Darf ich dir vielleicht was anbieten?", wechselte er geschickt das Thema.

„Ja, gerne. Was hast du denn da?"

„Ich hätte Sekt, Bier oder Wasser im Angebot."

„Dann nehme ich den Sekt."

„Oki doki. Muss dafür nur eben in den Keller. Du kannst es dir ja schon mal auf dem Sofa gemütlich machen."

„Oh, nur keine Umstände. Sonst nehm' ich auch was Anderes."

„Das würde nichts ändern", schmunzelte er. „Ich muss so oder so runter. Hab' hier nämlich nichts mehr stehen."

Während er die Stufen hinuntereilte, stellte sie das Buch zurück und nahm auf der Couch Platz, die sich als äußerst bequem erwies. Sie hatte genau die richtige Mischung aus nicht zu hart und nicht zu weich. Gedankenverloren ließ sie ihren Blick schweifen.

Als Martin kurz darauf zurückkehrte, die Arme voll beladen mit Sekt, Wasser und einer Flasche Wein, die er zufällig noch entdeckt hatte, stand Steffi plötzlich abmarschbereit vor ihm.

„Nanu, musst du schon wieder los? So lange war ich doch gar nicht weg", scherzte er.

„Es tut mir leid, aber meine Mutter hat gerade angerufen. Ihr ist auf einmal so schlecht und ich soll sie ins Krankenhaus fahren."

„Ach, herrje. Na, dann nichts wie los."

„Ich melde mich wieder bei dir, ja?", sagte sie im Vorbeigehen. Dann blieb sie doch noch mal kurz stehen. „Oder hast du am Samstagabend schon was vor?"

„Äh, nein. Nicht, dass ich wüsste", antwortete er schnell.

„Prima. Dann komm' doch so um 19 Uhr bei mir vorbei. Ich wohne in der Plauenstraße 16. Einfach bei Meinert klingeln." Ein kleines Zwinkern und schon war sie verschwunden.

Hatte er anfangs noch locker und entspannt dem geplanten Treffen entgegengesehen, war damit spätestens am Samstagmorgen Schluss. Wie ein nervöser Teenager vor dem ersten Date – *hey, nur um das klarzustellen: Dies ist alles, nur kein Date, o.k.?* – taperte er unruhig durch seine Wohnung. Beim Versuch, sich auf irgendeine Weise abzulenken, scheiterte er grandios. Weder aufräumen noch lesen, er nahm den Geschmack gar nicht wahr, ließen ihn zur Ruhe kommen.

Außerdem hat sie bestimmt eh einen Partner.

So gab er es schließlich auf und hockte sich stumpf vor die Glotze.

Und Kinder. Ja, ganz sicher hat sie welche.

Als die Uhr dann endlich halb sieben anzeigte, machte er sich aufgeregt auf den Weg. Nach einigem Hin und Her hatte er sich zu guter Letzt für ein dunkles Hemd und Jeans entschieden. Das war nicht zu übertrieben und entsprach dem Anlass, wie er fand. Da er noch ein wenig Zeit hatte, Steffis Wohnung lag keine Viertelstunde von seiner entfernt, legte er unterwegs noch einen Zwischenstopp bei einem Blumenladen ein. Er wollte ihr noch eine kleine Aufmerksamkeit besorgen. Nichts Großes. Nur, damit sie sah, dass er sich über die Einladung freute. Die Verkäuferin empfahl ihm einen Schwertfarn. Das wäre nicht zu aufdringlich und dennoch ein echter Hingucker. Martin, der keinerlei Ahnung von Pflanzen hatte, vertraute ihrem Urteil und ließ sie sich in Folie einpacken.

Wie sich zeigte, war es eine gute Wahl. Steffi freute sich sichtlich darüber und gab ihm als Dankeschön einen Kuss auf die Wange. Fast augenblicklich entzündete sich die Stelle und spülte wie eine dunkelrote Welle über Martins Gesicht hinweg.

Komm' wieder runter, Mann! Das ist echt peinlich!

Zum Glück bekam Steffi davon nichts mit, da sie den Farn direkt in die Küche brachte, auspackte und mit Hilfe eines Untertellers provisorisch mit Wasser versorgte. Als sie zurückkam, hatte sich seine Gesichtsfarbe wieder halbwegs normalisiert.

„Wie sagt man so schön? Aller guten Dinge sind drei, nicht wahr?" Sie lächelte ihn an. „Um auf Nummer sicher zu gehen, hab' ich dieses Mal auch extra mein Handy ausgeschaltet."

„Oh, na dann." Er grinste unsicher zurück. „Wie geht's denn eigentlich deiner Mutter? Schon wieder besser?"

„Ach, das war nur wieder ein Fehlalarm. Sie brauchte wohl ein wenig Aufmerksamkeit." Sie verdrehte dabei die Augen. „Ein Kind ist nichts dagegen."

Apropos Kinder ... „Verstehe. Wer weiß, wie wir mal werden."

„Na, hoffentlich nicht so."

Nachdem sie ihn kurz durch ihre Wohnung geführt hatte, die im Gegensatz zu seiner Behausung nur so vor bunten Farben und hübschen Accessoires strotzte, ließ sie ihn für einen Moment im Wohnzimmer allein. Martin nutzte die Chance und sah sich aufmerksam um. Neben zwei Glasvitrinen, die mit allerlei Gläsern und Schälchen bestückt waren, sah er auf einer Anrichte auch eine kleine Ansammlung von Fotos in verschieden großen Bilderrahmen. Es waren die üblichen Schnappschüsse glücklicher Menschen, die sich lächelnd in den Armen lagen oder wilde Grimassen schnitten. Darunter auch ein paar, wie er fand, nicht so gelungener Selfies, die überwiegend vor Spiegeln aufgenommen worden waren. Offensichtlich hatte sie inzwischen Freunde gefunden, womit sie ihm um einiges voraus war. Aufnahmen von einem Mann oder Kindern fehlten jedoch gänzlich. Was nichts bedeuten musste. Vielleicht hatte sie sie auch nur woanders hingestellt. Ein Kinderzimmer existierte zumindest aktuell nicht mehr, wie die kleine Führung vorhin gezeigt hatte.

„Was möchtest du denn trinken?", kam es jetzt aus der Küche. „Ich hab' Bier, Wein und Sekt da."

„Bier ist vollkommen in Ordnung."

So brachte Steffi zusätzlich für sich noch einen Sekt mit und stellte die beiden Flaschen auf dem Tisch ab.

„Wärst du so lieb, sie schon mal zu öffnen? Ich hab' nämlich noch etwas vorbereitet." Sie steuerte erneut die Küche an. „Du hast hoffentlich ordentlich Hunger mitgebracht."

„Äh, was?" Seine Stimme überschlug sich beinahe. „Das wär' doch nicht nötig gewesen."

„Ach, das ist nichts Großartiges", rief sie über die Schulter zurück.

Oh, nein! Fast augenblicklich öffneten sich bei ihm sämtliche Poren und sein Puls begann zu rasen.

Das darf doch jetzt nicht wahr sein.

Was sollte er nur tun? Abhauen? Keinen Appetit vortäuschen? Noch ehe er sich für irgendetwas entscheiden konnte, kam Steffi auch schon wieder zurück. Er starrte sie mit offenem Mund an. In ihren Händen hielt sie ein Tablett, auf dem sich ein halbes Dutzend Bücher stapelten.

„Ich hoffe, es sind ein paar dabei, die du noch nicht probiert hast", sagte sie mit einem schelmischen Grinsen.

„Wie? Woher?", stammelte er.

„Woher ich es weiß?" Sie sah ihn liebevoll an. „Nun, der Thriller auf dem Beistelltisch, als ich dich besuchen kam. Du hattest ihn offen liegen gelassen."

„Oh." Er versuchte nachzudenken. „Aber woher wusstest du, …"

„… dass es nicht auch ein Fehldruck hätte sein können?" Er nickte. „Na, was glaubst du, wie ich so viel abgenommen habe?"

Nun war es sein Gesicht, auf das sich ein spitzbübisches Grinsen stahl. „Na, wenn das so ist. Worauf warten wir dann noch?" Er nahm ihr das Tablett ab und griff nach dem obersten Schmöker.

Josh

Mein Name ist Jim. Es fällt mir nicht leicht, darüber zu reden, aber meine Ärztin meint, dass es mir guttun würde. Es würde mir helfen, besser mit der Situation klarzukommen. Ich bin mir da nicht so sicher. Da hilft auch ihr aufmunterndes Lächeln nichts. Schließlich kenn' ich niemanden, dem auch nur ansatzweise Ähnliches widerfahren ist. Aber genug der Vorrede. Fangen wir von vorne an.

Das Jahr 1973 war geprägt von einem unerbittlichen und langen Winter, dem ein drückend schwüler Sommer folgte. Die Leute ächzten unter der Hitze und nicht wenige von ihnen hatten mit Kreislaufproblemen zu kämpfen. Mir selbst machten die Temperaturen nichts aus. Ich war schon immer ein Sonnenanbeter, dem es nicht warm genug sein konnte. Heute bin ich da ein wenig vorsichtiger geworden, aber damals, mit gerade mal achtundzwanzig, verbrachte ich jede freie Minute draußen. Meine Frau Susan und mein Sohn Josh, seinerzeit süße sieben, begleiteten mich regelmäßig zum städtischen Badesee, der eigentlich nicht mehr als eine übergroße Badewanne war. Während ich schwamm, saßen sie ein wenig abseits im Schatten einer Eiche unter einem Sonnenschirm und ließen sich die mitgebrachten Brote schmecken oder bauten riesige Sandburgen.

Doch nicht alles war so unbeschwert und heiter in diesem besagten Sommer. Eine Serie von Kindesentführungen, so glaubte die Polizei zunächst, versetzte die Bevölkerung unseres kleinen Städtchens im nunmehr vierten Jahr in Folge in Angst und Schrecken. Doch wurden dabei nie irgendwelche Lösegeldforderungen oder dergleichen gestellt. Sie verschwanden ganz einfach und tauchten bis dato nicht wieder auf.

Schnell ging das Gerücht um, ein Massenmörder würde hier sein Unwesen treiben. Doch auch dafür fehlte jeglicher Hinweis. Eine eilig ins Leben gerufene Bürgerversammlung zum Schutze der Kinder blieb ebenfalls ohne Erfolg. Trotz größtmöglicher Aufmerksamkeit und Sicherheitsmaßnahmen ging das spurlose Verschwinden unvermindert weiter.

So schwante mir bereits Böses, als Josh einige Tage nach unserem Badeausflug nicht von der Toilette des Restaurants, in dem wir zu dritt zu Abend aßen, zurückkam. Ich hatte ihn begleiten wollen, doch Susan fand, dass ich es mit der Fürsorge übertrieb. Er war schließlich kein Baby mehr. Außerdem war bislang noch nie ein Kind aus einem Restaurant verschwunden. Tja, wie sagte meine Oma immer so schön? Irgendwann ist immer das erste Mal.

Über fünfzehn Jahre waren seit dem Tag vergangen. Fünfzehn Jahre, in denen ich kein Stein auf dem anderen gelassen hatte, jedem noch so kleinen Hinweis nachgegangen war, immer in der Hoffnung, ihn eines Tages wieder heil in meine Arme schließen zu können. Vergebens.

Wie ihr euch sicherlich vorstellen könnt, stand es seitdem nicht immer gut um unsere Ehe. Mehrmals standen wir knapp vor dem Abgrund, schafften aber jedes Mal wieder irgendwie die Kurve. Susan zu verzeihen war nicht nur schwer, es war unmöglich. Aber auch ich machte mir Vorwürfe. Hätte ich doch nur darauf bestanden, Josh zu begleiten. Doch alles Zetern und Jammern half nichts. Es brachte ihn mir auch nicht zurück.

So stand nun ein weiteres schmerzvolles Weihnachtsfest vor der Tür. Susan bereitete in der Küche das Essen für den morgigen Heiligabend vor, während ich dabei war, den Weihnachtsbaum aufzustellen. Ich war extra bis in den Nachbarort gefahren, um noch ein halbwegs ordentliches Exemplar zu bekommen. Wie jedes Jahr war ich spät dran damit. Es war die Erinnerung an Josh, die mich stets zögern ließ.

Noch heute sehe ich ihn im Rückspiegel, wie er auf der Rückbank, während der Fahrt zu den einzelnen Verkäufern, aufgeregt hin und her rutscht und übers ganze Gesicht strahlt.

„Sag' mal, hast du eigentlich Polly heute schon gesehen?", rief Susan in diesem Moment aus der Küche.

Polly ist unsere Hauskatze. Susan hat sie vor ungefähr drei Jahren aus einem Tierheim mitgebracht. Sie war ihr Geburtstagsgeschenk zu meinem Vierzigsten. Nicht, dass ich sie mir gewünscht hätte. Sie fand nur, dass es an der Zeit war, wieder ein bisschen Leben und Ablenkung ins Haus zu bringen. Nun ja, das war ihr definitiv gelungen. Irgendetwas fraß dieses Vieh immer aus.

„Nein, Schatz."

„Wärst du so lieb und schaust mal, wo sie sich herumtreibt? Nicht, dass sie irgendwo festsitzt."

„Gott bewahre", erwiderte ich spitz. *Hättest du dir mal über Josh so viele Sorgen gemacht*, dachte ich gehässig, ging dann aber auf die Suche nach ihr.

Unser Haus ist nicht allzu groß, so war der Rundgang schnell beendet, jedoch ohne den Rabauken gefunden zu haben. Blieb nur noch der Keller.

Kaum hatte ich die Tür einen Spalt weit geöffnet, hörte ich von unten schon ein leises Miauen.

„Bingo." Susan war heute Morgen kurz hier unten gewesen, um Wäsche aufzuhängen. Dabei musste Polly an ihr vorbeigehuscht sein. „Na, wen haben wir denn da?", fragte ich, als ich die Holzstufen hinunterging, die bei jedem meiner Schritte knarzten. Die Katze saß an der gegenüberliegenden Wand und rührte sich nicht. „Na, komm' mal her, du kleiner Racker." Doch sie blieb, wo sie war. Stattdessen wieder ein klägliches Miauen. Erst jetzt sah ich, dass sie sich mit ihrem Fell in irgendetwas Schwarzem verfangen hatte. Es klebte wie Honig an ihr und ließ sie nicht los. Ich ging näher hin. Das eklige Zeug sickerte offenbar aus der Wand und lief dann an ihr herunter. Am Boden hatte sich bereits eine kleine Lache gebildet. „Bah, was für eine Sauerei", stöhnte ich angewidert. „Das wird Frauchen nicht gefallen." Ich beschloss wieder nach oben zu gehen und Susan die Sache zu überlassen. Schließlich war es ja ihr Liebling.

Eine Stunde später war Polly befreit, einigermaßen gereinigt und gerade dabei, in der Küche gierig eine mächtige Portion Katzenfutter hinunterzuschlingen.

„Meinst du, wir müssen mit ihr noch zum Tierarzt?", fragte mich meine Frau besorgt.

Ich verdrehte die Augen. „Ich denke, sie wird's überleben."

Sie nickte angespannt. „Und was ist das für ein dunkles Zeug, das da aus der Wand kommt?"

„Keine Ahnung", antwortete ich wahrheitsgemäß. „Vielleicht ist ein Rohr geplatzt oder leck. Ich werde nach den Feiertagen den Klempner anrufen. Der soll sich das mal ansehen."

„Ja, o.k., mach das."

Als ich am nächsten Morgen erwachte, war es draußen bereits hell. Ich drehte mich herum und sah zum Radiowecker. „Kurz nach zehn schon", stellte ich überrascht fest. Ich vernahm das Klappern von Geschirr. Susan war schon aufgestanden und bereitete in der Küche offenbar das Frühstück vor. „Dann mal hoch, alter Mann", sagte ich scherzhaft und schlug die Bettdecke zurück.

Im Gegensatz zum letzten Jahr war dieses Mal von weißer Weihnacht nichts zu sehen. Der Rasen war nach wie vor grün und saftig. Nur ein wenig Tau bedeckte die Grashalme. Ich ging ins Bad und gönnte mir eine ausgiebige Dusche. Erfrischt und in einen weichen Bademantel gehüllt setzte ich mich an den Frühstückstisch.

„Na, auch schon aufgewacht?"

„Wie du siehst."

„Unsere Dame scheint es gut überstanden zu haben", sagte sie erleichtert. „Sie tollt schon wieder ordentlich herum."

„Das freut mich", antwortete ich, war mir im Grunde aber vollkommen egal.

„Fang' ruhig schon an zu essen. Ich schau' nur noch eben, was der Keller macht."

„Oki doki."

Ich hatte das erste Brötchen noch nicht einmal aufgeschnitten, da hörte ich Susan auch schon aufgeregt von unten rufen.

„Jim, komm' schnell! Das musst du dir anschauen."

Meine Frau neigt gerne dazu, Dinge zu überdramatisieren. Daher ging ich relativ gelassen die Treppe zu ihr hinunter. Was sollte auch schon groß passiert sein? Vielleicht war der Riss in der Wand größer geworden und hatte mehr von dieser klebrigen Masse ausgespuckt? Kein Grund, um gleich in Panik auszubrechen. Doch was ich dann sah, überstieg meine kühnsten Vorstellungen.

Der Riss war nicht nur ein bisschen größer geworden, sondern nahm jetzt die gesamte Wand ein. Wo gestern noch ehernes Mauerwerk gewesen war, klaffte nun ein riesiges Maul, aus dem dieses unbekannte Zeug in Abständen pulsierte, ähnlich einem Herzen, das sich zusammenzog und wieder ausdehnte. Die sich anfangs am Boden gebildete Lache floss nun die Wand wieder hinauf und vereinigte sich mit der restlichen Materie. Es war faszinierend und erschreckend zugleich.

„Jim, was passiert hier?" Ihre Stimme zitterte heftig.

Ich zuckte nur mit den Schultern und starrte weiterhin wie gebannt auf das sich vor mir abspielende Phänomen.

Ich hab' keine Ahnung, wie lange wir dort noch so standen. Vielleicht waren es nur ein paar Minuten, vielleicht aber auch eine ganze Stunde. Jedenfalls war es Susan, die sich als Erste aus ihrer Lähmung befreite. Ohne zu zögern, ging sie plötzlich auf das Gebilde zu. Ich wollte sie noch zurückhalten, bekam sie aber nicht mehr zu fassen. Auge in Auge stand sie dem Ding nun gegenüber. Wie von einer fremden Macht gesteuert, streckte sie jetzt ihre Hand danach aus und schrie sogleich auf, als sie auf einmal von irgendetwas am Handgelenk gepackt wurde. Dadurch end-gültig aus meiner Erstarrung gelöst, eilte ich ihr zur Hilfe. Mit aller Kraft zog ich von hinten an ihrem Arm und sah schließlich ungläubig, was sie festhielt. Mit einem letzten Ruck zogen wir es gemeinsam aus der Wand und purzelten dann rücklings übereinander auf den Boden.

Als wir uns wieder aufsetzten, war es erneut meine Frau, die am schnellsten reagierte. In zwei Schritten war sie bei dem Neuankömmling und nahm ihn, vor Freude weinend, in die Arme. Vor uns stand ein verschmierter, aber lebendiger kleiner Junge. Josh. Anscheinend um keinen Tag gealtert. Ich konnte es nicht fassen.

Doch irgendetwas schien ihm Angst zu machen. Voller Furcht blickte er immer wieder hinüber zu der wogenden, schwarzen Masse, in die er durch sein Erscheinen eine Öffnung gerissen hatte. Dahinter schien sich eine Art Gang aufzutun. Ein Schlurfen hallte aus ihm hervor.

„Es kommt", wimmerte Josh und drückte sich fester an seine Mutter.

Was auch immer „es" war würde sicherlich nicht mit freundlichen Absichten hier auftauchen. Wir hielten den Atem an und klammerten uns aneinander fest.

Gleichzeitig begann sich die Struktur der Materie zu verändern. Das Pulsieren kam immer mehr zum Erliegen, bis sich schließlich eine glatte, dunkle Oberfläche gebildet hatte. Zudem schrumpfte sie von den Rändern her nun merklich zusammen. Rote Ziegelsteine wurden wieder sichtbar. Erst wenige, dann immer mehr.

„Das Zeug verschwindet", rief ich euphorisch. Doch zum Jubeln war es noch viel zu früh. Der Gang war noch immer da und die Schritte klangen nun wesentlich näher. Um einiges zu nahe für mein angekratztes Nervenkostüm. Jeden Moment konnte „es" hindurchkommen und dann gnade uns Gott.

Eine plötzliche Kälte ergriff uns. Sie wehte uns stinkend und alt aus dem Gang entgegen, gefolgt von einem unmenschlichen Laut, tief und bösartig, der uns einen Schauer über den Rücken jagte. Bilder einer monströsen Kreatur zuckten durch meinen Kopf und ließen mich nicht mehr los.

Währenddessen verkleinerte sich das Gebilde immer schneller, bis es fast die Öffnung erreicht hatte, aus dem erneut zorniges Gebrüll drang. Gleich würde „es" erscheinen.

Ein erster Tentakel wurde sichtbar, wie er sich am Außenrand dieser entlangtastete. Dann fiel er auf einmal mit einem hörbaren Ratschen ab, als der Gang samt Materie eingesogen wurde, und blieb zuckend auf dem Kellerboden liegen. Schreiend trampelte ich darauf herum, bis er sich nicht mehr bewegte.

Wie Josh später berichtete, war er dem Wesen als Einziger lebend davongekommen. Die anderen verschwundenen Kinder hatte es nacheinander aufgefressen. Den Behörden konnten wir diese Geschichte natürlich nicht so auftischen, es sei denn, wir wollten in der Klapsmühle landen. So einigten wir uns darauf, dass unser Sohn am Heiligabend einfach vor unserer Tür gestanden hätte. Ohne Erinnerung daran, wo er all die Jahre gewesen war. Dass er noch genauso aussah wie damals, war nur ein weiteres Rätsel, das sich niemand erklären konnte. So wurde die Sache schließlich zu den Akten gelegt.

Spiegel

Jeff saß gelangweilt im Spiegel. Seine Arbeit war für heute getan. Ein Mitarbeiter geleitete die letzten hartnäckigen Kunden persönlich hinaus aus dem Geschäft und schloss dann ab. Nach und nach verabschiedete sich die Belegschaft in den wohlverdienten Feierabend. Nachdem die Deckenbeleuchtung erloschen war und die nächtliche Stille anbrach, drehte sich Jeff zu Enrique um, der im Spiegel rechts von ihm seinen Dienst schob.

„Na, altes Haus, jetzt nen schönes Feierabendbier, was?" Er grinste schräg.

„Joh, aber du gibst es aus."

Was als Blödelei begonnen hatte, war inzwischen zu einem festen Ritual geworden. Ein Running Gag, der sich jedoch von Tag zu Tag mehr abnutzte. Denn zweifelsfrei würden sie nie in ihrem Leben ein Bier trinken, geschweige denn etwas essen. Sie waren Spiegler und einzig dazu erschaffen worden, dem Kunden ein positives Spiegelbild seiner selbst in der Umkleidekabine des Bekleidungsfachgeschäftes vorzugaukeln, um den Umsatz zu steigern. Körperlos, wie sie waren, konnten sie jede erdenkliche Form annehmen und waren zudem absolut synchron mit dem zu spiegelnden Objekt. Natürlich war das nicht ganz legal, aber solange sich niemand beschwerte, war doch alles in Butter.

„Mann, war das wieder ein Tag", schnaufte Jeff. „Hast du vorhin die Dicke gesehen, die sich in das enge Oberteil gequetscht hat?" Enrique nickte belustigt. „Das war echt mal Schwerstarbeit, sie halbwegs gut aussehen zu lassen."

„Wem sagst du das. Ich hatte heute nur solche Kaliber."

„Was ist nur mit den Menschen los? Werden immer fetter." Jeff schüttelte angewidert den Kopf.

„Keine Ahnung, bin ja zum Glück keiner."

Jeff erhob sich und ging im Spiegel auf und ab. „Ach, ich bin es so leid, immer nur hier rumzuhängen", jammerte er frustriert. „Wieso kann ich nicht mal woandershin?"

„Die ewige Leier", sagte sein Kollege sichtlich genervt und verdrehte dabei die Augen. „Du kennst doch die Spielregeln. Wir sind vertraglich daran gebunden. Und außerdem, wo willst du denn hin?"

„Egal, einfach nur was anderes sehen. Das kann doch noch nicht alles gewesen sein." Er blies die Backen auf. „Hast du denn noch nie davon geträumt, auszubrechen und die Welt zu erkunden?"

„Reine Zeitverschwendung", antwortete Enrique knapp. „Und jetzt hör' auf rumzuheulen und leg dich schlafen."

Die nächsten Tage waren geprägt von quälender Routine. Jeffs Laune sank dementsprechend ins Bodenlose. Gerade kam wieder so ein selbsternanntes It-Girl durch die Schwingtür hereingestöckelt. Doch was war das? Jeff konnte sein Glück kaum fassen. Aus ihrem Täschchen holte sie doch tatsächlich einen Handspiegel hervor. „Vermutlich um ihre Rückansicht bewundern zu können", tippte er und behielt sogleich Recht. Kaum war das Top übergestreift, drehte sie ihm den Rücken zu und hielt den Handspiegel hoch. „Jetzt oder nie", dachte er und formte sich von einem schlanken Körper blitzschnell zu einem aufgequollenen Hefeteig um. Mit einem Schrei des Entsetzens ließ sie den Spiegel fallen und rannte geradewegs aus der Kabine.

„Hey, was machst du denn da?", kam es prompt von nebenan.

„Ach, gar nichts. Ich mach nur das, was ich schon vor langer Zeit hätte tun sollen."

„Aha, und das wäre?"

„Abhauen."

Mit einem gekonnten Satz löste er sich aus seinem Gefängnis und landete in seinem neuen, handlichen Zuhause.

„Das kannst du nicht machen", protestierte Enrique heftig. „Das wird Konsequenzen haben."

„Wen interessiert's?" Jeff zeigte ihm laut lachend den Mittelfinger.

Schattenwesen

1

Sie kamen. Tom spürte es. Nicht mehr lange und sie würden da sein. Worauf wartete er also noch? Er musste sich, verdammt nochmal, beeilen. Was nicht so einfach war. Hatte er gerade noch bei voller Beleuchtung im Bett gelegen und versucht zu schlafen, war es nun stockdunkel. Draußen herrschte finstere Nacht. Der Strom musste ausgefallen sein. Ein Blick hinüber zu seinem nun toten Radiowecker bestätigte diese Befürchtung.

Hastig schlüpfte er in seine Hose, die er über einem in der Nähe stehenden Stuhl gelegt hatte, zog sich die Schuhe an und tastete anschließend nach seiner Taschenlampe, die er extra für solche Fälle neben dem Bett deponiert hatte. Im zweiten Anlauf bekam er sie zu fassen.

Der Lichtkegel wanderte hin und her, als er den Flur entlang zur Küche ging. Den Sicherungskasten würdigte er dabei keines Blickes. Er wusste, dass ihn keine Schuld traf. Dies war nicht der erste Stromausfall und würde auch nicht der letzte sein. Er war einfach Teil ihrer Überfalltaktik.

In der Küche angekommen, nahm er direkten Kurs auf die Speisekammer. Hier lagerte er immer eine Packung mit besonders dicken Stumpenkerzen, die locker eine Nacht durchhielten. Mit der Taschenlampe zwischen den Zähnen, um die Hände frei zu haben, angelte er sie sich vom obersten Regal. Zu seiner Überraschung war sie federleicht. Entsprechend ungläubig war dann auch sein Blick, als er kurz darauf eine leere Pappschachtel in den Händen hielt. Das war doch nicht möglich. Er war sich hundertprozentig sicher gewesen, noch welche gehabt zu haben. Ein leichter Schweißfilm bildete sich über seiner Oberlippe. Und was nun?

Er überlegte einen Moment und lief dann zurück in den Flur. Dabei übersah er in der Dunkelheit den Küchentisch, wodurch sich dessen Kante mit voller Wucht in seine Seite rammte. Fluchend und mit schmerzverzerrtem Gesicht schleppte er sich weiter.

Im Wohnzimmer gab es derlei Hindernisse in Form eines Glastisches und einer kleinen Couch. Beide standen jedoch in der Mitte des Raumes und damit weit genug weg von der Schrankwand, vor der er sich nun niederkniete.

116

Ein Geräusch wie von Flügelschlägen ließ ihn zusammenzucken. Instinktiv duckte er sich weg. Doch es war nur ein Vorhang, der sich am geöffneten Fenster aufblähte und um sich schlug. Tom stand erleichtert auf und schloss es eilig. Derweil lief ihm die Zeit immer mehr davon. Die ersten Schatten verfestigten sich bereits und lugten aus ihren Verstecken.

„Irgendwo müssen sie doch sein", murmelte er vor sich hin, während er eine Schublade nach der anderen durchsuchte. Dann wurde er schließlich fündig. „Ah, da habt ihr euch also versteckt", rief er vorwurfsvoll und förderte eine Plastikhülle mit Teelichtern zu Tage. Die würden zwar nicht ewig halten, aber hoffentlich so lange, bis der Strom wieder lief. Er leuchtete mit der Taschenlampe zur Wanduhr, die zum Glück mit Batterien betrieben wurde und somit weiterhin ihren Dienst verrichtete. Kurz nach eins. Das würde eng werden bis zum Morgengrauen, aber darüber konnte er sich immer noch Gedanken machen, wenn es so weit war.

Er griff in die Verpackung und holte zwei Hände voll Teelichter heraus, die er in kleinen Abständen um die Couch und den Glastisch aufstellte. Zweifelnd, ob sie ausreichen würden, nahm er auch noch die restlichen und stellte sie zu ihren Kameraden. Schon besser.

Jetzt hieß es warten. Den richtigen Zeitpunkt zu erwischen, wann er sie anzünden musste. Tom setzte sich auf die Couch und beobachtete das Zimmer. Dabei dachte er daran zurück, wie alles begonnen hatte.

Damals, vor vierzehn Jahren, als er als Achtjähriger erstmals des Nachts schlotternd und bibbernd unter der Bettdecke gelegen und mit vor Angst geweiteten Augen panisch nach seinen Eltern gerufen hatte.

„Was ist denn?", hatte sein Vater gebrüllt, nachdem er ins Kinderzimmer gestürmt war und das Licht eingeschaltet hatte.

„Papi, da ist etwas auf dem Kleiderschrank."

„Tommy?"

„Nein, wirklich. Es hat ganz schreckliche rote Augen."

„Die wirst du morgen früh auch haben, wenn du nicht langsam schläfst."

„Bitte, Papi."

Also tat Papi ihm den Gefallen und sah nach. Zwischen Kartons, Spielen und blauen Säcken fand er … natürlich nichts.

„Aber da war wirklich was", beteuerte sein Sohn.

„Natürlich. Und jetzt wird geschlafen, o.k.?" Er wuschelte Tom durch die Haare und schaltete beim Hinausgehen das Licht wieder aus. Der Junge hatte eindeutig zu viel Phantasie.

Es dauerte nicht lange, da waren sie wieder da. Böse, funkelnde Augen. Tom zog sich ängstlich die Bettdecke über den Kopf und betete, dass sie verschwinden mögen. Ein frommer Wunsch. Stattdessen polterte nun etwas auf den Boden. Regungslos hielt er den Atem an. Langsame, schwere Schritte kamen näher, begleitet von einem tiefen Knurren wie von einem angriffslustigen Hund. Tom kniff die Augen zu und versuchte krampfhaft nicht in den Schlafanzug zu machen. Dann war es plötzlich ganz still. Das, was auch immer es war, musste jetzt direkt am Bett stehen. Augenblicke später wurde seine Decke vorsichtig von außen eingedrückt. Das Abbild einer Schnauze zeichnete sich vor Toms Gesicht ab. Zum Glück sah er es nicht, sonst wäre er wahrscheinlich auf der Stelle gestorben. Es bewegte sich hin und her, so als schnüffelte es nach ihm. Schließlich ließ es von ihm ab und trottete davon.

Tom hatte keine Ahnung, wie lange er noch unter der Decke geblieben war, aber irgendwann musste er sie anheben, um nicht Gefahr zu laufen zu ersticken.

Es war weg. Auch kein drohendes Augenpaar mehr auf dem Schrank. Erschöpft ließ er seinen Kopf ins Kissen sinken und fiel kurz darauf in einen unruhigen Schlaf, in dem er von einer dunklen Kreatur durch die Wohnung gehetzt wurde.

Es war der Beginn einer bis heute währenden Tyrannei. Überall, wo es dunkel genug war, krochen Schattenwesen, wie Tom sie nannte, aus ihren Löchern hervor und machten ihm das Leben zur Hölle. Waren es anfangs nur Einschüchterungen und Drohungen gewesen, schraken sie inzwischen sogar vor körperlichen Angriffen nicht mehr zurück.

So wie vor drei Jahren, als sie zum ersten Mal diese Grenze überschritten. Seinerzeit hatte er mit seiner damaligen Freundin einen Kurztrip übers Wochenende nach Berlin unternommen.

Ein gewaltiger Blitz holte ihn in die Gegenwart zurück, gefolgt von einem heftigen Donner, der sich in Intervallen ausbreitete und gegen die Fensterscheiben drückte. Regen und Hagel setzten ein und entfachten ein wahres Trommelfeuer an ihnen.

Ein Blick durchs Zimmer zeigte ihm, dass er nicht mehr alleine war. Ein gutes Dutzend von seinen speziellen Freunden hatte bereits Stellung um ihn herum bezogen. Höchste Zeit also für die Teelichter.

Tom sprang auf und zündete sie im Eiltempo an. Gerade noch rechtzeitig, denn eine erste Welle von Geschöpfen rauschte bereits heran. Wie von einer unsichtbaren Barriere gestoppt, zogen sie sich fauchend und zischend von der aufflammenden Lichterkette zurück. Er atmete einmal schwer durch und nahm dann wieder auf der Couch Platz.

Unterdessen füllte sich der Raum zusehends. Im Nu waren auch die letzten freien Plätze belegt. Tom kam es vor, als würde er in einem Boxring stehen, während die geifernde Masse nur darauf wartete, dass endlich Blut floss. So begrüßte er sie denn auch standesgemäß mit zwei erhobenen Mittelfingern. Eine Geste, die nicht wirklich gut ankam.

Währenddessen verstrich die Zeit nur sehr langsam. Dafür holte ihn die Müdigkeit immer mehr ein. Das ungewohnte schummerige Licht tat sein Übriges dazu. Doch einzuschlafen konnte er sich jetzt nicht erlauben. Er musste wach bleiben. So stand er gegen zwei Uhr kurz auf und reckte sich. Sofort kam Bewegung in die lauernde Meute.

„Hey, Leute, beruhigt euch. Das Buffet ist noch nicht eröffnet", zog er sie auf, womit er abermals ihren Unmut auf sich zog. Doch kaum hatte er sich wieder hingesetzt, fielen ihm auch schon die Augen zu.

Er träumte von Berlin. Es war Esthers Idee gewesen, mal wieder für Luftveränderung zu sorgen. Ihre Beziehung hing schon eine ganze Weile in den Seilen und brauchte dringend neue Impulse, sonst war es nur noch eine Frage der Zeit, wann sie die Reißleine zog. Was lag also näher als eine kleine Reise?

Auch wenn Tom von dem Vorschlag alles andere als begeistert war, schließlich hatte sie keine Ahnung, mit welcher Art Problemen er sich herumschlug, stimmte er ihm schlussendlich zu. Er musste es nur irgendwie hinbekommen, dass sie dunkle Orte mieden. Also weder Kino noch Disco besuchten.

Was zuhause noch halbwegs funktionierte, da sie für gewöhnlich mit ihrer besten Freundin Melli um die Häuser zog und er somit entbehrlich war, erwies sich fernab der Heimat als echte Herausforderung. Entsprechend wenig begeistert zeigte sie sich denn auch von seinen Ideen für den ersten Tag. Er wollte doch allen Ernstes in den Zoo. Noch langweiliger ging es ja wohl nicht. Und danach? Essen gehen und dann ab in die Heia. War sie alt und scheintot, oder was? Das konnte er sich aber mal so was von abschminken.

Zu ihrer Überraschung war schließlich sie diejenige, die, wenn auch eingeschnappt und wütend, den Kürzeren zog. Ein Ereignis mit absolutem Seltenheitswert. Selbst heiße Versprechungen, mit denen sie ihn immer herumbekam, verpufften geradezu an seiner stoischen Miene. Es war zum Verrücktwerden.

Entsprechend mies gelaunt machte sie sich abends an seiner Seite auf den Rückweg zum Hotel. Tom dagegen schien es gar nicht schnell genug zu gehen. Immer wieder trieb er sie an, nicht so zu trödeln. Erst als sie wieder das hell erleuchtete Foyer betraten, schien er sich zu entspannen.

Was dann folgte, traf ihn jedoch vollkommen unvorbereitet.

Nachdem er sich an der Rezeption nach dem Frühstücksraum und den dazugehörigen Zeiten erkundigt hatte, nahmen sie den Aufzug zu ihrem Zimmer im sechsten Stock. Sie hatten gerade die dritte Etage passiert, als über ihnen plötzlich das Licht anfing zu flackern. Ein letztes, grelles Aufleuchten, dann ging es mit einem „Pling" aus. Sogleich lief ein heftiger Ruck durch die gesamte Metallkonstruktion und brachte die Kabine zum Stottern. Mit einem kreischenden Reißen kam sie kurz darauf rumpelnd zum Stehen und schleuderte die Insassen heftig herum.

„Na, super. Das passt ja zu diesem Tag", kommentierte Esther lakonisch, als sie wieder festen Boden unter den Füßen hatte. Tom sagte nichts und hoffte stattdessen nur auf schnell eintreffende Hilfe. Als sich jedoch nach einigen Minuten noch immer nichts tat, wurde sie langsam ungeduldig. „Ey, pennen die da draußen, oder was? Wie wär's denn mal, wenn die so langsam ihre Ärsche hierher in Bewegung setzen."

„Hey, komm' wieder runter", kam es aus der Dunkelheit vor ihr. „Hilf' mir lieber mal, anstatt hier nur rumzumeckern."

„Wobei denn?"

„Hier muss irgendwo so ein Notrufknopf sein." Da selbst die Fahrstuhlanzeigen ausgefallen waren, tastete er völlig blind vor sich herum. Doch statt einer Antwort wurde er auf einmal brutal beiseite geschubst. „Hey, geht's noch?"

„Was denn? Ich hab' nichts gemacht."

Ein weiterer heftiger Rempler. Dann ein Schlag ins Gesicht. Der konnte unmöglich von Esther gekommen sein, so kräftig wie er war. Tom sah sich suchend um und bekam für seine Neugier einen ordentlichen Hieb in die Magengrube. Ihm blieb die Luft weg. Zusammengekrümmt rutschte er an der Kabinenwand herunter und landete sogleich unsanft auf dem Hosenboden. Dann plötzlich …

… packte ihn etwas.

Tom schrak aus dem Schlaf hoch.

Einer der Schattenwesen war zu ihm durchgedrungen, umklammerte nun seinen linken Arm und riss mit aller Macht daran herum. Drei nebeneinander stehende Teelichter waren ausgegangen und hatten somit einen kleinen, dunklen Korridor in der Lichterkette gebildet, der den Übergriff überhaupt erst ermöglicht hatte.

Hektisch angelte Tom nach seiner Taschenlampe, die er vor sich auf dem Couchtisch abgestellt hatte. Mit einer Handbewegung schaltete er sie ein und leuchtete dem Ding damit ins Gesicht, soweit man davon sprechen konnte. Es war eher eine Ansammlung von sich ineinander drehenden Schatten. Ein spitzer Aufschrei, dann zog es sich fluchtartig zurück. Er atmete erleichtert aus.

Wie spät war es?

Tom blickte hinüber zur Wanduhr. Noch immer war sie mehr eine Ahnung, als ein sichtbarer Gegenstand. Nur das leise, monotone Ticken verriet ihre Position. Ein kurzer Schwenk mit der Taschenlampe hätte genügt, doch er wagte es nicht, sie auch nur für einen Bruchteil der Sekunde von der Öffnung im Lichtkreis wegzunehmen.

Unterdessen war das Gewitter weitergezogen. Lediglich ein leichter Nieselregen war davon noch übriggeblieben und besprenkelte nun die Fensterscheibe. Am Horizont schickte sich bereits ein erstes, zaghaftes Blau an, den neuen Tag zu begrüßen. Tom tippte auf halb vier. Vielleicht Viertel vor vier. Ganz sicher nicht später. Verdammt. Damit war es noch über eine Stunde hin bis zur Dämmerung. So lange hielten die Teelichter niemals durch. Er musste sich was einfallen lassen, und zwar schnell.

In Berlin war er ihnen entkommen. Nur wie er das angestellt hatte, wusste er nicht mehr. Die Erinnerung daran war ein einziges schwarzes Loch. Sichtlich verwirrt war er am nächsten Morgen alleine im Hotelbett aufgewacht. Auf dem Nachttisch lag eine handschriftliche Notiz von Esther. Sie teilte ihm mit, dass sie nichts mehr mit ihm zu tun haben wolle und bereits abgereist sei. Diese „kranke Scheiße" würde sie sich nicht mehr länger antun. Und nein, er bräuchte sich nicht mehr bei ihr zu melden. Das Thema wäre ein für allemal durch. Wie er feststellte, fiel es ihm nicht wirklich schwer, sich daran zu halten.

Was er jedoch wusste, war, dass ihn seitdem die Wesen noch aggressiver und hasserfüllter jagten. Offenbar hatte er irgendwie ihren Zorn entfacht.

Ein weiteres Teelicht gab seinen Geist auf und sorgte bei seinen Gästen für sichtlich gute Stimmung. Nicht mehr lange und sie würden über ihn herfallen.

Tom sah sich suchend um. Es musste hier doch irgendetwas geben, das ihm weiterhalf. Leider gehörten Gegenstände nicht dazu. Selbst wenn er stark genug wäre, mit dem Sofa nach ihnen zu werfen, würden sie nur müde lächelnd dabei zusehen, wie es durch sie hindurchglitt. Da hätte auch ein ganzes Arsenal an Waffen nichts gebracht. Sie waren Schatten und die konnte man ganz einfach nicht umbringen. Gleichwohl waren sie in der Lage, feste Formen anzunehmen, was er bekanntlich schon mehrmals auf schmerzhafte Weise am eigenen Leib erfahren hatte.

Dann blieb sein Blick jäh am Vorhang hängen. Er konnte es nicht beschreiben, aber da war auf einmal so ein Gefühl. Immer wieder sah er hin, kam aber einfach nicht drauf, was ihm dieses Stück Stoff sagen wollte. Dann machte es plötzlich „klick" in seinem Kopf und er wusste es.

Ohne zu zögern, schaltete Tom die Taschenlampe aus und steckte sie ein. Erneut tat sich die klaffende

Wunde im Fleisch des leuchtenden Sicherheitsringes auf. Doch statt ängstlich zurückzuweichen, ging er geradewegs darauf zu, streckte die Hände aus und begann die hereindrängende Dunkelheit mit den Fingerspitzen zu betasten.

Fast augenblicklich spürte er sie. Eine dünne Membran, ähnlich der Haut auf erhitzter Milch, die sich allerdings kalt und rau anfühlte. Er grub seine Finger hinein und zog sie mit aller ihm zur Verfügung stehenden Kraft auseinander. Wie frischer Teig dehnte sie sich aus, wurde immer länger und riss schließlich auf.

Sofort schob Tom seine Arme in die entstandene Öffnung und drückte sie zuerst mit den Ellenbogen und dann mit den Knien herunter. Als sie sich kurz darauf mit einem schmatzenden Laut wieder schloss, war er verschwunden.

2

Die Schattenwesen zwängten sich nach und nach durch den nun immer breiter werdenden Spalt in der sterbenden Lichterkette und nahmen schließlich auch die letzte verbliebene Festung des Zimmers ein. Ein wertloser Sieg, wie sie voller Wut feststellen mussten. Dabei waren sie noch immer im selben Raum mit ihrem vermeintlichen Opfer.

Tom sah sie von dort, wo er war, wie durch eine Art Schleier. Er befand sich jetzt hinter der Dunkelheit, ein Ort, an dem er, wie er nun wieder wusste, schon einmal gewesen war. Damals in Berlin.

Wie wohl jeder Mensch glaubte auch er die meiste Zeit seines Lebens, dass es hinter der Dunkelheit nichts weiter gab. Sofern man sich darüber überhaupt Gedanken machte. Und wenn, dann bestimmt nur eine noch tiefere Schwärze. Doch das Gegenteil war der Fall. Zwar suchte man hier vergeblich nach Farben, aber ein helles Grau machte die Dinge gut sichtbar.

Er wandte sich von seinen Verfolgern ab, bevor sie wussten, was passiert war, verließ sogleich die Wohnung und trat kurz darauf hinaus auf den Bürgersteig. Feuchte Nachtluft wehte ihm ins Gesicht, doch er spürte nichts davon. Ebensowenig die durchdringende Kälte, die der Wind mit sich trug. Das Wetter konnte ihm an diesem Ort offenbar nichts anhaben.

Tom sah sich aufmerksam um. Irgendwo musste ein Übergang sein, der ihn zurück in seine Welt brachte. Leider ließ sich die Dunkelheit von dieser

Seite aus nicht so einfach am Schlafittchen packen. Eine Erfahrung, die er bereits vor drei Jahren gemacht hatte. So blieb ihm nichts anderes übrig, als auf die Suche nach diesem zu gehen.

Gegenüber stand das Haus der Finleys. Ihre Familienkarosse parkte wie immer im angrenzenden Carport. Auf dessen Motorhaube hatte es sich eine fette Katze bequem gemacht, die im Schlaf leicht mit dem Kopf zuckte. Vermutlich jagte sie gerade im Traum einer Maus hinterher. Auch sonst schien niemand in der Nachbarschaft zu dieser frühen Stunde auf zu sein. Die Fenster glotzten Tom allesamt aus toten Augen entgegen.

Unschlüssig blickte er die verlassene Straße entlang. In welche Richtung sollte er gehen? Da es für diese Frage keine passende Antwort gab, vertraute er einfach auf seine Intuition und marschierte sie sogleich hinunter. Dabei wurde er das mulmige Gefühl nicht los, dass er beobachtet wurde. Doch so sehr er sich auch umsah, er konnte keinerlei Geschöpfe entdecken. Sämtliche Schatten waren natürlichen Ursprungs und damit vollkommen harmlos.

Als er an der nächsten Kreuzung rechts abbiegen wollte, wäre ihm beinahe das Herz stehengeblieben. Ein offensichtlich angetrunkener junger Mann kam auf seinem Drahtesel Schlangenlinien fahrend auf ihn zu gerast. Reflexartig sprang Tom ins angrenzende Gebüsch und entging damit nur knapp einem Zusammenstoß. Ohne die Geschwindigkeit zu verringern, geschweige denn anzuhalten, schoss der Typ an ihm vorbei und kurvte grölend weiter. Tom rappelte sich langsam wieder auf, zupfte seine Kleider zurecht und sah ihm ungläubig hinterher. Erst jetzt wurde ihm bewusst, dass er sich das Ausweichmanöver wahrscheinlich hätte sparen können. Er war momentan in der realen Welt in etwa so fest verankert wie ein flüchtiger Gedanke. Dennoch wollte er lieber kein Risiko eingehen. Man konnte ja schließlich nie wissen.

Ein paar Straßen weiter sah er dann das erste Wesen. Es kroch regelrecht an einer Hauswand empor, bis es im dritten Stock geräuschlos in dieser verschwand. Somit war es amtlich. Tom war nicht das einzige Opfer. Als hätte er je daran gezweifelt. Voller Mitleid schaute er noch einmal hin und ging dann weiter.

Das eigentliche Problem aber war, dass er nicht wusste, wie der Übergang aussah. Es konnte alles Mögliche sein. Ein Tunnel, eine Haltestelle, eine Umkleidekabine. Vielleicht sogar ein Altpapiercontainer.

In Berlin war es eine bestimmte U-Bahn gewesen, wie ihm jetzt wieder einfiel. Zumindest die schied als mögliches Portal aus. Hier gab es nämlich keine. Er konnte nur darauf hoffen, dass er ihn irgendwie erkannte, sobald er vor ihm auftauchte.

Nach einer Weile kam Tom an einem Park vorbei. Nicht mehr lange und die Sonne würde aufgehen. Dann hieß es für seine speziellen Freunde, zurückzukehren oder sich in dunklen Nischen zu verstecken, bis der nächste Abend anbrach.

Er hatte kaum den Gedanken zu Ende gedacht, da nahm er rechts von sich plötzlich eine Bewegung wahr. Intuitiv huschte er hinter einen Baum und lugte vorsichtig hervor. Gleich mehrere Schatten kamen aus einer Hecke und zogen wispernd und gestikulierend an ihm vorbei. Doch damit nicht genug. Auf einmal strömten von allen Seiten Geschöpfe herbei und nahmen Kurs auf den Park.

Tom vergaß zu atmen. Panisch sah er sich um. Er saß hier regelrecht auf dem Präsentierteller. Nur, wo sollte er hin? Es gab in der Nähe keinen Unterschlupf oder dergleichen, in dem er sich hätte verschanzen können. Das Einzige, was er jetzt noch tun konnte, war zu beten. Darum, dass es wenigstens ein schnelles und schmerzloses Ende werden würde. Doch es kam alles ganz anders.

Die Flut an Schattenwesen brach nicht ab. Sie ergossen sich förmlich aus der realen Welt in ihr eigentliches Reich. Tom war es unmöglich, sie alle zu zählen. Es waren Tausende. Er kniete sich hin und schloss zitternd die Augen. Jeden Moment würden sie ihn entdecken. Doch statt eines Angriffsschreis hörte er plötzlich leises Glockenläuten. Irritiert öffnete er sie wieder.

Es erklang abermals. Nur dieses Mal wesentlich lauter und fordernder. Ganz offensichtlich kam es aus dem Park. Er sah sich unauffällig um und traute seinen Augen nicht. Die Meute würdigte ihn keines Blickes und bewegte sich stattdessen, wie in Trance, dem Lockruf entgegen.

Tom konnte sein Glück kaum fassen. Er wartete, bis auch das letzte Geschöpf im Park verschwunden war, erst dann wagte er es, wieder aufzustehen. Ungläubig starrte er ihnen nach. Was ging da vor sich?

Er spielte mit dem Gedanken, direkt hinterherzugehen. Was für ein Wahnsinn. Warum sollte er das tun, wo er doch gerade erst dem Tod so knapp von der Schippe gesprungen war? Ein zweites Mal würden sie ihn ganz bestimmt nicht lebend davonkommen lassen.

Doch welche Alternative hatte er? Wegzulaufen und zu hoffen, dass er irgendwo anders den Übergang fand? Eine wenig erfolgversprechende Option. Außerdem hatte er es satt, ewig vor ihnen zu fliehen. Das hatte er lange genug getan. Damit musste jetzt ein für alle Mal Schluss sein.

Tom ließ sich Zeit. Er hatte keine Eile. Er wusste, der erste Fehler, den er beging, würde gleichzeitig auch sein letzter sein. So wählte er jeden seiner Schritte mit Bedacht. Auf diese Weise kam er zwar nur sehr langsam voran, aber immer noch besser, als zerfetzt und ausgeweidet an einem Ast zu enden.

Er stahl sich von Baum zu Baum, kauerte hinter Parkbänke und schlich um mannshohe Steinfiguren herum. Immer mit der Angst im Nacken, jeden Moment entdeckt zu werden. Doch von den Schattenwesen war weit und breit keine Spur. Sie schienen wie vom Erdboden verschluckt.

Tom blieb stehen und sah sich um. War das vielleicht eine Falle? Er hielt den Atem an und lauschte nach irgendwelchen Geräuschen. Ohne Erfolg. Da war nichts. Rein gar nichts.

Er schüttelte ratlos den Kopf und wollte gerade weitergehen, als sein Blick plötzlich an einer mächtigen Trauerweide hängen blieb. Sie stand einsam inmitten einer Wiese und bewegte sachte ihre Blätter hin und her. Tom rieb sich verwundert die Augen. Wie war das möglich, in einer Welt ohne Einfluss des Wetters? Er sah abermals hin und bemerkte sogleich seinen Fehler. Das, was sich da bewegte, waren keine Blätter, sondern seine verloren geglaubten Freunde, die dichtgedrängt auf den Ästen hockten. Sofort warf er sich auf den Boden und hoffte noch im Fallen, dass sie ihn nicht gesehen hatten.

Nur, was, zur Hölle, taten sie da? Es sah aus wie eine Art Versammlung. Tom robbte ein kleines Stückchen näher heran, konnte aber nichts Genaueres erkennen. Sich noch weiter darauf zuzubewegen wäre glatter Selbstmord gewesen. Vor ihm lag jetzt nur noch offenes Gelände. So blieb ihm nichts anderes übrig, als abzuwarten, was als Nächstes passieren würde.

Er musste sich nicht lange gedulden. Bereits kurze Zeit später tauchte ein weiteres Wesen auf der Bildfläche auf. Es war ungleich größer als alle anderen und bewegte sich mit der Anmut und Entschlossenheit eines Anführers auf die Trauerweide zu. Als es schließlich davor zum Stehen kam, wandte es sich Tom für einen Moment zu und verschaffte ihm damit die Gänsehaut seines Lebens. Er kannte diese Kreatur. Ein Loch an der Stelle, wo bei Menschen für gewöhnlich das linke Auge saß, schloss jede Verwechslung aus.

Auf einmal fügte sich alles wieder zusammen. Er hatte mit diesem Ding gekämpft. Damals im Aufzug in Berlin. Es kam ihm aus dessen Welt entgegen, als er gerade dorthin flüchten wollte. Ein zuvor zufällig in einer Ecke der Kabine gefundenes Feuerzeug rettete Tom schlussendlich das Leben und brandmarkte seinen Angreifer für immer. Demnach waren sie, wie er überrascht feststellte, sehr wohl verwundbar. Wenn auch offenbar nur auf eigenem Terrain. Wie hatte er das nur vergessen können? Zumindest erklärte das die gesteigerte Wut und Brutalität seiner Gefolgsleute ihm gegenüber.

Eine Reihe von kurzen, zischenden Lauten hallte plötzlich stakkatoartig über die Wiese und durchbrach damit jäh die Stille. Gefolgt von einem markerschütternden Kreischen, das so laut war, dass Tom sich die Ohren zuhalten musste. Der Anführer hatte gesprochen, wobei dessen Stimmung ganz offenbar nicht die allerbeste war. Immer wieder zuckte ein

Arm hervor und drohte damit offen seinen Anhängern. Tom wurde das Gefühl nicht los, dass sein erneutes Entkommen Mittelpunkt des Monologs war. Eine Ehre, auf die er gut und gerne verzichten konnte. Denn damit wurde die Suche nach einem Übergang nur noch unnötig erschwert. Wobei ...

Ein kühner Gedanke schlich sich vorsichtig an und tippte ihm sanft auf die Schulter. Vielleicht lag die Lösung für dieses und all die anderen Probleme direkt vor seinen Augen. Sein Verstand öffnete den Mund und begann fieberhaft an diesem imaginären Knochen herumzubeißen. Sicherlich, es war Wahnsinn, aber was, wenn es funktionierte? Immer wieder wog er das Für und Wider ab, bis er schließlich eine Entscheidung traf.

Derweil hatte das Geschöpf seine Ansprache beendet und kam nun, oh Gott, direkt auf ihn zu. Nun gab es kein Zurück mehr. Als es nur noch wenige Meter von ihm entfernt war, sprang Tom plötzlich auf und zückte seine Taschenlampe. Dabei richtete er sie auf die wirbelnden Schatten, die, wie bereits bei dem anderen Ding, so etwas wie den Kopf darstellten.

„Keinen Schritt weiter oder ich brenn' dir damit ein zweites Loch in den Schädel", rief er entschlossen. Die Kreatur blieb stehen, formte die rotierenden Schatten zu einer langen, sabbernden Schnauze und bleckte angriffslustig die Zähne. „Tja, so sieht man sich wieder, was?"

Sein plötzliches Erscheinen blieb nicht unbemerkt. Innerhalb kürzester Zeit hatte sich ein Ring von Schattenwesen um die beiden Kontrahenten gebildet. Einzig die erhobene Hand des Anführers hielt sie noch davon ab, Tom auf der Stelle anzugreifen und in der Luft zu zerreißen. Wie eine Horde angeleinter Dobermänner knurrten und fauchten sie um die Wette.

„Also, als Erstes schickst du mal deine Hündchen hier weg", forderte er es mit einer entsprechenden Handbewegung frech auf, „und dann werden wir uns mal in Ruhe unterhalten."

„Natürlich. Was glaubst du, wer du bist? Dem König der Schatten Befehle zu erteilen. Dass ich nicht lache", höhnte seine innere Stimme. Doch zu dessen und auch Toms Überraschung kam es seiner Aufforderung nach. Selbstverständlich war er nicht so naiv zu glauben, dass sie wirklich gegangen waren. Er konnte ihre Blicke förmlich auf sich spüren. Dennoch atmete er für einen Moment erleichtert aus.

„Na, schön", begann er. „Ich will, dass das endlich aufhört. Diese Hetzjagd und die Angriffe auf mich." Er sah das Wesen durchdringend an. „Im Gegenzug lass' ich dich am Leben. Ich denke, das ist ein fairer Deal."

Sein Gegenüber ließ sich Zeit mit einer Reaktion. Als Tom schon fast nicht mehr damit rechnete, hob dieser langsam den Arm und deutete hinüber zu einer Baumgruppe.

„Was ist da?"

„Waaasssssseerrrr", kam es zischend zurück.

Tom runzelte fragend die Stirn. „Der Teich?" Der Anführer nickte stumm. „Ich verstehe nicht ganz."

Daraufhin hob das Geschöpf die Schnauze und begann übertrieben zu schnüffeln. „Weeeeggg."

Nun verstand Tom gar nichts mehr. „Was ist weg?"

„Geeerrruuuccchhhh."

„Ah", machte er schließlich. „Ihr verliert meine Spur, sobald ich ins Wasser gehe, richtig?" Ein neuerliches Nicken. Konnte das wirklich wahr sein oder wollte es ihn nur in eine Falle locken? Er wusste es nicht. Ihm blieb nichts anderes übrig, als es darauf ankommen zu lassen. „O.k., aber du gehst voran."

Der Teich lag verlassen da. Einzig eine Entenfamilie drehte gemächlich ihre Runden. Zu Toms Rechten befand sich das angrenzende Parkcafè, das sich ob seiner schönen Lage besonders im Sommer nicht vor Gästen retten konnte. Er selbst hatte dort an so manchem Wochenende das reichhaltige und leckere Frühstücksbuffet genossen. Ein Gedanke, der momentan so weit weg erschien wie sein früheres Leben, als die Dunkelheit noch keine Notiz von ihm genommen hatte. Erst in einigen Stunden würde es wieder seine Pforten öffnen und für ein wenig Geschäftigkeit in dieser ansonsten so ruhigen Umgebung sorgen.

„Stop!", forderte er den vor ihm laufenden Schatten auf. Sie befanden sich nun auf der zum Teich hin leicht abfallenden Böschung. „Ich werde jetzt hineingehen und du bleibst genau da stehen. Ist das klar?" Als keine Einwände kamen, sprach er weiter. „Und noch etwas. Sollte das hier eine Falle sein, dann …" Er deutete auf die Taschenlampe, die er nach wie vor ausgeschaltet auf dessen Kopf gerichtet hielt.

Nachdem das geklärt war, begann Tom vorsichtig ins Wasser zu gehen. Rückwärts wohlgemerkt, um nicht den Blickkontakt zum Anführer zu verlieren. Es war absolut irreal. Er spürte das Wasser nicht, sah aber, wie es an ihm immer höher stieg, je weiter er vorankam. Als es ihm bereits bis zur Hüfte stand, hielt er kurz inne und sah fragend hinüber zum Wesen. Doch dieses forderte ihn auf weiterzugehen. Offenbar musste er schon komplett im Teich verschwunden sein, um sich des Geruches zu entledigen. Woraufhin Tom kurz abtauchte und sogleich, mit unverändert trockenen Haaren, wieder an der Wasseroberfläche erschien. Den Blick hastig zum Ufer gewandt, stellte er überrascht fest, dass der Anführer weg war.

War es das jetzt gewesen? Er konnte es nicht glauben. Das ging alles viel zu einfach. Wobei, erinnerte er sich, er noch immer nicht den Übergang gefunden hatte. Das galt es als Nächstes zu tun. Doch dazu kam er nicht mehr.

Etwas packte ihn an den Knöcheln und riss ihn von den Beinen. Er klatschte mit dem Gesicht voran in den Teich, während sein Körper mit ungeheurer Kraft nach unten gezogen wurde. Tom schlug und trat wild um sich, jedoch ohne nennenswerten Erfolg. Dann tat sich der Boden plötzlich unter ihm auf und grelles Licht drang in dicken Streifen herein. Schreiend steuerte er darauf zu und wurde schließlich davon verschluckt.

3

Das Erste, was Tom wahrnahm, war, dass der Strom wieder lief.

Er hatte sich im Bett wiedergefunden. Genau wie damals in Berlin. Nach anfänglicher Orientierungslosigkeit erhob er sich und ging auf wackeligen Beinen hinüber zum Lichtschalter. Die Deckenbeleuchtung war nun nicht mehr vonnöten. Die Morgensonne reichte vollkommen aus.

Er durchquerte das Zimmer und sah gedankenverloren aus dem Fenster. Er hatte es überlebt. Abermals. Damit war sein Vorrat an Glück für dieses Leben definitiv mehr als ausgeschöpft.

Nachdem er im Wohnzimmer die runtergebrannten Teelichter eingesammelt und weggeworfen hatte, verbrachte er den Tag hauptsächlich auf dem Sofa. Die folgende Nacht würde zeigen, ob der Anführer sein Wort gehalten oder ihn angelogen hatte. Eine Prognose vermochte er nicht abzugeben.

Wie sich herausstellte, war Ersteres der Fall. Der Terror schien tatsächlich ein Ende genommen zu haben.

In den nächsten Wochen ohne Zwischenfälle kehrte ein alter Bekannter wieder zurück in Toms Leben. Die Normalität. Er ging abends wieder weg und lernte dabei unter anderem seine neue Freundin kennen. Bereits nach kurzer Zeit nahmen sie sich eine gemeinsame Wohnung und schmiedeten erste Pläne, eine Familie zu gründen.

Doch so ganz wollte ihn die Vergangenheit nicht loslassen.

Eines Nachts, er kam gerade mit dem Taxi vom Geburtstag eines Onkels zurück, bemerkte er beim Aufschließen der Haustür plötzlich eine schemenhafte Gestalt, die verstohlen über die Straße huschte. Erst auf den zweiten Blick erkannte er, dass es sich um ein Schattenwesen handelte. Vor Schreck wäre ihm fast der Schlüssel aus der Hand gefallen. Ohne Notiz von ihm zu nehmen, zog es an Tom vorbei und bog an der Ecke in eine Seitenstraße ab. Verwirrt blickte er der Kreatur hinterher. Wie war das möglich? Er konnte sie noch immer sehen.

Als es in der Folgezeit zu weiteren Sichtungen kam, begründete Tom es damit, dass er vermutlich mit dem Betreten ihrer Welt auf irgendeine Weise für immer mit ihnen verbunden war. Keine wirklich schöne Vorstellung, aber solange es nur in eine Richtung ging, konnte er damit leben. Bestätigt wurde diese Annahme durch die Tatsache, dass er, sobald er sich entsprechend darauf konzentrierte, weiterhin die Dunkelheit mit ihrer rauen Außenhülle berühren konnte. Den Drang, ein drittes Mal dahinterzublicken, verspürte er jedoch nie. Schlafende Hunde sollte man ja bekanntlich nicht wecken.

Zeitesser

Seine Stunden waren gezählt. Spike spürte es nicht nur in den alten Knochen. Das Schmatzen des Zeitessers war unüberhörbar. Das war der Ausdruck, den sein alter Herr vor über dreißig Jahren an seinem Sterbebett benutzt hatte. Es fraß angeblich die Zeit, die einem noch blieb. Er berichtete davon, wie das Schmatzen von Tag zu Tag lauter wurde, bis er sich zum Schluss die Ohren zuhalten musste, um nicht vollkommen durchzudrehen. Damals hatte er ihn für nicht mehr ganz dicht im Oberstübchen gehalten, nun wusste er es besser.

Spike hatte mit dem bevorstehenden Ende kein Problem. Er hatte ein ausgefülltes, segensreiches Leben gehabt. Neben einer wundervollen Frau, die ihm zwei ebenso tolle Kinder geschenkt hatte, durfte er sich inzwischen vierfacher Opa und zweifacher Uropa nennen. Das konnte nicht jeder von sich behaupten. Außerdem freute er sich mehr denn je darauf, seine geliebte Hanna wiederzusehen. Der unerbittliche Krebs hatte sie ihm vor gut drei Jahren entrissen und seitdem gab es keinen Tag, an dem er sie nicht schmerzlich vermisste. Seine Tochter und sein Sohn hatten sich damals liebevoll um ihn gekümmert, doch mit der Zeit wurden ihre Besuche immer seltener. Er machte ihnen deswegen keinen Vorwurf. Sie hatten schließlich ihr eigenes Leben und ihre eigene, kleine Familie. Dennoch fühlte er sich manchmal wie ein zurückgelassener Koffer am Flughafen.

Nun stemmte er sich mit zittriger Hand aus dem abgenutzten Ohrensessel im Wohnzimmer und griff nach seinem Gehstock. Mit seinen nunmehr dreiundachtzig Lenzen war er nicht mehr der Sicherste auf den Beinen. In seiner Jugendzeit war er mal ein exzellenter Läufer gewesen, aber davon war nun nichts mehr zu sehen. Er zuckte mit den Achseln. Es gab Schlimmeres.

Spike trottete in den Flur und griff an der Garderobe nach der dicken Winterjacke. Er hatte noch einen letzten Wunsch, den er sich erfüllen wollte. Draußen herrschte eisiger Wind bei Temperaturen um den Gefrierpunkt, aber das machte ihm nichts aus. Zeit seines Lebens hatte er viel mehr Probleme mit zu großer Hitze gehabt. Dagegen begrüßte er die schneidende Kälte, die ihm im ersten Moment den Atem nahm, wie einen alten Freund.

Es dauerte über eine Stunde, bis er sein Ziel erreichte. Er hätte es sich leichtmachen und einfach ein

Taxi bestellen können, aber er wollte noch einmal die Natur spüren. Das Geräusch des Schnees hören, der bei jedem seiner Schritte unter den Sohlen knirschte. Die Atemwolken beobachten, wie sie sich in der kalten Luft langsam auflösten. Das alles würde ihm sicher fehlen, aber dafür war er wieder mit seiner Hanna vereint.

Als er sichtlich aus der Puste und mit geröteten Wangen die beheizten Räumlichkeiten des Imbisses betrat, wurde er sogleich freundlich vom Chef begrüßt.

„Hi, Spike, alter Junge. Was treibt dich denn bei diesem Wetter vor die Tür?" Sein rundlicher Bauch wurde von einer fleckigen Schürze und das arg zurückgewichene Haar von einer schief sitzenden Kochmütze verdeckt. Er zwinkerte ihm lächelnd zu.

„Na, was wohl? Deine legendäre Currywurst, Kalle." Spike war einer der wenigen, der ihn so nennen durfte.

„So will ich dich hören, alter Knabe." Und so gesellte sich ein weiterer Kandidat zu den bereits vor sich hin brutzelnden Kameraden auf der Grillplatte. „Sonst alles gut bei dir?"

„Wie immer. Es gibt schlechte und weniger gute Tage." Er grinste schelmisch. *Und letzte Tage*, fügte er in Gedanken hinzu.

„Na, solange du deine Wurst noch bei mir isst, ist zumindest mein Tag in Ordnung."

„Worauf du einen lassen kannst."

Es war wieder mal ein Hochgenuss. Spike wischte sich wenig später mit einer Serviette zufrieden den Mund ab. Er bezahlte, nicht ohne ein ordentliches Trinkgeld gegeben zu haben, und wünschte Kalle nachher einen schönen Feierabend.

„Dann bis zum nächsten Mal", entgegnete dieser. Spike nickte nur.

Der Heimweg war nicht minder anstrengend. Immer wieder musste er Pausen einlegen, um wieder zu Atem zu kommen. Er wusste, er hatte nicht mehr viel Zeit. Das Schmatzen des Zeitessers dröhnte mittlerweile in seinen Ohren. Als er seine Wohnung betrat, füllte es bereits seinen ganzen Kopf aus. Er wand sich umständlich aus der Jacke und hängte sie zurück an die Garderobe. Anschließend nahm er wieder im Ohrensessel Platz. Er wartete.

„Wie mag es wohl zu Ende gehen?", fragte er sich vollkommen ruhig. „Vielleicht platzt mir ja der Schädel von dem Lärm."

Doch dann war plötzlich totale Stille. Er hielt den Atem an. Das Schmatzen, welches bis gerade in seinem Kopf getobt hatte, kam nun aus dem Flur. Es war ein leises, kauendes Geräusch. Spike sah gebannt zur Wohnzimmertür. Dann schwang sie ganz langsam auf und da war es dann. Das Ende.

Zeitfracht Medien GmbH
Ferdinand-Jühlke-Straße 7
99095 Erfurt, Deutschland
produktsicherheit@kolibri360.de